Kriminalalphabet

Von Ute-Marion Wilkesmann

Kriminalalphabet

Meine Schreibstrategie

Von Ute-Marion Wilkesmann

Bibliografische Information der Deutschen Nationalbibliothek:
Die Deutsche Nationalbibliothek verzeichnet diese
Publikation in der Deutschen Nationalbibliografie;
detaillierte bibliografische Daten sind im Internet über
dnb.dnb.de abrufbar.

Herstellung und Verlag:
BoD – Books on Demand, Norderstedt

ISBN: 978-3-757862-04-6

Inhaltsverzeichnis

A wie Anfang

Wenn ich einen Krimi schreiben wollte, was müsste ich dann tun?

- Im gewünschten Milieu recherchieren;
- Charaktere erschaffen, überdenken und ausarbeiten;
- einen Handlungsstrang konzipieren;
- Figuren illustrieren und darauf achten, dass sie konsequent geführt werden (rote Haare müssen rot bleiben usw.);
- Punkte beachten, die mir jetzt nicht einfallen;
- anfangen.

Der Anfang ist das Tor zum Buch, hat mir mal ein Verleger gesagt. Es stimmt: Wenn die ersten Seiten mich nicht fesseln oder packen, lese ich gar nicht oder nur mit einem gewissen Widerstand weiter. Passt hingegen der Anfang, bin ich eher bereit, mich auf eine Geschichte einzulassen.

So ein Krimi bietet verschiedene Möglichkeiten des Einstiegs. Ich führe drei Beispiele auf:

1. Sofortiger Einstieg in den kriminellen Akt, eine Leiche oder ein schweres Verbrechen wird geschildert.
2. Beschreibung einer völlig harmlosen Szene, die durch das Wissen, dass es sich um ein Genre mit Spannung handelt, gerade aufgrund ihrer Harmlosigkeit unheimlich wirkt.

3. Einstieg durch das Aufeinandertreffen von Haupt-
akteuren, z. B. Beschreibung eines Detektivbüros/
des Kommissars im Büro usw.

So ein Anfang muss nicht sehr lang sein und kann,
wenn die Umstände es erfordern, rasch in die Haupt-
handlung übergehen.

Variante (1)

Seine Augen waren weit geöffnet, als wollte er das
Universum um die Beantwortung seiner dringlichen
Fragen bitten. Sein rechtes Bein war merkwürdig verdreht, so wie es nicht von der Natur ins Gelenk einge-
hängt wurde. Sein halblanges Haar saß nass am Schä-
del, so als wäre er frisch aus der Dusche gekommen,
einer Dusche aus Blut: seinem eigenen Blut. Wenn
man sich über ihn beugte, konnte man die Einschuss-
stelle erkennen. Über das hellgraue Hemd zog sich
eine Blutspur von der Körpermitte zum rechten Arm,
dort tropfte das Blut vom Körper auf den Asphalt. Der
Ausgangspunkt des Blutflusses war ein Dolch, der in
seinem Brustkorb steckte. Warum würde jemand einen
anderen Menschen erschießen und zusätzlich erste-
chen? Ein Rätsel. Neben dem Körper gab es Fuß-
spuren und Reifenspuren. Der Himmel war grau und
schwer. Wenn nicht bald jemand die Leiche fände,
würden die Spuren in Kürze durch einen heftigen
Regenguss verwischt werden, es würden nur ein
wenig Blut, der Dolch und die Schusswunde zurück-

bleiben. Es waren Schritte zu hören auf dem Asphalt, hohl und gleichzeitig schwer. Kamen oder gingen sie? War es nur ein Passant, der die nahegelegene Kreuzung überqueren wollte? Von der Kreuzung blinkte es gelb herüber. Die Stadtverwaltung stellte diese Ampel nachts auf Warnbetrieb. Es war zu teuer, um in dieser Kleinstadt die Ampelanlage am Ortsausgang rund um die Uhr eingeschaltet zu lassen. Nein, die Schritte kamen nicht näher, sie bewegten sich fort. Einsam war es hier, das nächste Haus lag noch hinter der Ampel, einige hundert Meter entfernt, wie das bei Ortsausgängen häufig so ist. Außerhalb der Reichweite eines Schreis, solange man vor dem Fernseher sitzt und nicht aufmerksam nach draußen lauscht. Wie lange schon lag der leblose Körper auf der Straße? Dies zu bestimmen würde die Aufgabe der Gerichtsmedizin sein, sobald ihnen der Mann zur Autopsie übergeben würde. Aber wann würde das sein? Im Morgengrauen würde man ihn spätestens finden, wenn der erste Berufsverkehr sich auf der kleinen Hauptstraße zur nächstgrößeren Ortschaft schlängelt. Der massige Körper lag halb auf dem Grasstreifen, halb auf dem Asphalt. Er war unübersehbar, dafür würde die Morgendämmerung reichen. Die ersten schweren Tropfen lösten sich aus den Wolken. Das Geräusch eines Motorrads war entfernt zu hören und ja – es schien in diese Richtung zu kommen. Wäre es noch früh genug, um wenigstens Spuren, wenn schon nicht ein Leben zu retten?

Variante (2)

Er seufzte. Sein Job als Postbote in ländlicher Gegend bot ihm zwar viel Freiheit, war aber auch recht lästig mit der ganzen Fahrerei. Manchmal wünschte er sich, in einer Stadt zu arbeiten: Da gehst du deine Strecke ab, und das war's. So zockelte er mit dem Auto von einem Haus zum anderen, gelegentlich wurde er durch ein Schwätzchen oder eine Tasse Kaffee aufgehalten. Noch zwei Kilometer zum kleinen Anwesen von Familie Mustermann. Er fand es immer höchst amüsant, dass es wirklich Menschen gibt, die diesen Universalnamen tragen. Wie oft würden sie sich mit einem gequälten Lächeln Scherze darüber anhören müssen? Er wusste ziemlich genau, was seine Zielkunden – wie er sie nannte – an regelmäßiger Post bekamen. Es wurde immer weniger. Wann würde überhaupt keine Post mehr verteilt, alles per elektronischer Übermittlung weitergegeben? Er war noch zu keinem Schluss gekommen, ob er das positiv oder negativ einstufen sollte. Ganz ohne Zeitungen, Kataloge, Glückwunschkarten? Er schüttelte den Kopf, nein, so recht konnte er sich das nicht vorstellen. Aber hätten sich seine Eltern vorstellen können, dass man auch ohne Telefonzelle die Mutter nachts anrufen konnte „Ich habe die letzte Bahn verpasst, kannst du mich bitte abholen …?"

Noch etwa achthundert Meter. Heute hatte er für Frau Mustermann einen großen, prall gefüllten Umschlag dabei. Den Absender kannte er nicht. Nicht, dass er neugierig wäre, aber man schaut doch schon mal zufällig auf den Umschlag, tröstete er sich. Den Namen des Absenders oder der Absenderin hatte er nicht parat, er erinnerte sich jedoch später noch konkret, dass der Vorname abgekürzt war. So ein griffiger wattierter Umschlag. Er zog wattierte Umschläge diesen harten Kartons vor.

Noch wenige Meter. Und dann stand er vor dem Gartentörchen im Jägerzaun, der das Grundstück abgrenzte. Er sah sich um, irgendetwas war anders als sonst. Hatten die Vögel aufgehört zu zwitschern? Oder war es die Wäsche, die im Garten schlaff von der Leine hing, als hätte sie schon vor Stunden abgehängt werden sollen? Oder war es die Tür zum Gartenhäuschen, die lose in den Angeln hing und halb geöffnet war? Ungewöhnlich für die ordentliche Familie Mustermann. Er nahm den Umschlag, die beiden Zeitschriften und den Katalog aus der Tasche. Frau Mustermann bekam regelmäßig eine Strickzeitschrift, die jüngste Tochter so ein Teenie-Blättchen. Der Werkzeugkatalog war für Herrn Mustermann. Die Familie wohnte jetzt seit acht Monaten hier, Herrn Mustermann hatte er noch nie gesehen. Er erreichte die Tür, er klingelte, denn die Post passte nicht in den kleinen Briefkasten. Er wartete. Nichts, keine Schritte, kein lautes „Ich komme gleich!". Als die Familie im Sommerurlaub gewesen war, hatte Frau Mustermann ihm vorher Bescheid gegeben. Aber vergangenen Samstag, als er das letzte Mal etwas auszuliefern hatte, hatte sie nichts davon gesagt. Er klingelte ein zweites Mal. Das Fenster oben links, so fiel ihm auf, stand offen. Also musste doch jemand im Haus sein? Er beschloss, einmal hinter das Gebäude zu gehen, vielleicht saß Frau Mustermann mit ihrem Strickzeug im Garten und hatte Kopfhörer in den Ohren.

Er schellte ein weiteres Mal, dann dreht er sich um und schritt links über den Kiesweg in Richtung Garten. Als er um die Ecke bog, gefror ihm das Blut in den Adern und er wünschte sich, er hätte diesen letzten Schritt nie getan.

Variante (3)

Er saß leicht gelangweilt an seinem Schreibtisch. Sollte er den Laptop aufklappen und den Bericht tippen, der schon gestern fällig gewesen war? Ja, eine blendende Idee, bitte kein Ärger mehr mit der neuen Chefin. Sie war gar nicht so übel, aber recht pedantisch, vor allem wenn es Termine betraf. Er seufzte. „Hoffentlich werde ich nach dreißig Jahren Betriebszugehörigkeit nicht mal so." Im Grunde arbeitete er gerne bei dieser Versicherung und hatte sich in seinen Job als ‚Versicherungsdetektiv' gründlich eingearbeitet. Es machte Spaß, es forderte die Kombinationsgabe, aber es verstärkte leider allgemein das Misstrauen Mitmenschen gegenüber. Andererseits befreite es ihn vom Schreibtisch, den er nicht besonders mochte.

Es kam kein befreiender Anruf, die Chefin blieb in ihrem Büro, niemand klopfte an seine Tür. Er schielte in seine Kaffeetasse, die war halbvoll. Es gab also keinen Grund, das Büro zu verlassen und sich einen Kaffee zu holen. Der Kollege war seit zwei Wochen krank, also gab es rein gar nichts, was ihn ablenkte. Seufzend klappte er den Laptop auf und wartete, bis das Betriebssystem hochgelaufen war. Puh, das ging schnell. Er ordnete den Blätterstapel rechts vom Gerät und öffnete die Vorlage. Einmal drin im Schreiben, kam er gut vorwärts. So war er dann auch leicht verärgert, als es an die Tür klopfte. „Ja bitte?", rief er etwas unwirscher, als es gemeint war.

Eine junge Frau steckte den Kopf durch die Tür, schaute ihn überrascht an, trat halb herein und sagte: „Entschuldigung, bin ich hier falsch? Wenn ich störe, tut mir leid!"

Er taxierte sie kurz, das gehört zum Beruf. Mittelgroß, mittelschlank, mittelhübsch. Das war die Schublade, in die er sie packen konnte. Wenig verblüffend: mittellange brünette Haare, etwas mehr als kinnlang. „Wo wollen Sie denn hin?"

Die Frau kam herein. „Zu einer Stelle, die sich mit Versicherungsbetrug beschäftigt. Ein Herr Dubczik soll dafür zuständig sein, der Name steht auch auf der Tür?" Sie sah ihn fragend an.

„Ja, das bin ich, sorry, wenn ich etwas barsch war – ich war gerade in einen wichtigen Bericht vertieft." Die Frau war offensichtlich beeindruckt und er beglückwünschte sich, das Wort „wichtig" in diese Erklärung eingebaut zu haben. Er lud sie mit einer Geste ein, sich auf den kleinen roten Sessel auf der anderen Seite des Schreibtischs zu setzen. Sie nickte kurz „Danke", zog ihren beigen Mantel etwas hoch und setzte sich. Ihm fiel sofort auf, dass sie nicht die Beine übereinanderschlug, wie Frauen das meist machen. Sie kreuzte die Beine im männlichen Stil, wie sie das im Vor-Jeans-Zeitalter nie getan hätte. Jeans – keine besonders teure Marke, jedoch auch kein Sonderangebot. Das Sweatshirt, das er durch den halboffenen Mantel sehen konnte, hatte eine gute Qualität. Darauf prangte ein witziger Spruch, etwas Glitter, es war weder billig noch teuer. Den Mantel hatte sie vermutlich in einem besseren großen Laden gekauft, keine Boutique-Ware, aber auch kein Ramsch. Hatte er hier das Mittelmaß in Person vor sich sitzen?

„Was kann ich für Sie tun?"

Sie betrachtete ihr Gegenüber. Ein netter junger Mann, eventuell noch etwas zu jung für diesen Beruf? Sie taxierte ihn innerlich. Ein wenig Mittelmaß, so kam es ihr vor. Er würde ihr auf der Straße nicht auffallen, weder positiv noch negativ. Er war ganz gut angezogen, aber sicherlich hatte er in diesen Anzug kein Monatsgehalt investiert. Sein Lächeln war allerdings sehr nett, sie lächelte und dachte „Das ist schon Obergrenze Mittelmaß". Genug beobachtet, sie hatte nicht den ganzen Tag Zeit. Sie griff zu ihrem Lederrucksack, den sie bisher in der Hand gehalten hatte, und holte ein Papier heraus. „Schauen Sie selbst", und schob es ihm über den Schreibtisch zu. Er schaute darauf, sah das Foto, las den kurzen Text und pfiff durch die Zähne. Er blickte hoch: „Das kann doch nicht sein!"

„Deswegen bin ich gekommen. Ich sollte mich vielleicht vorstellen, ich bin seine Großkusine!"

Das war aufregend. Man kennt diese Fotos, die beim Überfahren einer Kreuzung bei Rot oder zu schnellem Davonsausen gemacht wurden. Selten ist der Fahrer günstig getroffen, aber meist deutlich erkennbar. So auch hier. Das Foto war eindeutig, das Datum ebenso. Es begann, Spannung zu entstehen.

B wie Blut

Es gibt zweifelsohne spannende Krimis, die ohne Blut auskommen. Da ich selbst kein Blut sehen kann, bei Erzählungen davon schon ein mulmiges Gefühl bekomme und beim Fernsehen von Ärzteserien und entsprechenden Krimis Löcher in das nächstgelegene Regal starre, würde ich selbst nicht so gern über Blutlachen sprechen. Andererseits finde ich so ein bisschen von der roten Suppe schon wichtig, denn vieles lässt sich heute kriminaltechnisch aus Blut feststellen, Krankheiten, DNA-Spuren und was es da so alles gibt. Hier kommt der Punkt, an dem ich ordentlich recherchieren müsste. Und ehrlich: Das lockt mich nicht. Manchmal denke ich, dass ich deshalb niemals einen ‚vernünftigen‘ Thriller, Krimi oder eine andere Form von längerem Roman werde schreiben können, weil ich den Hintergrund nicht wirklich ausleuchte, sondern mich mit Informationen aus zweiter Hand begnüge. Diese Informationen habe ich aus anderen Krimis, dem Fernsehen oder allenfalls noch Wikipedia. Wissenschaftlich ist das nicht. Erzähltechnisch ist das ebenfalls keine Meisterleistung. Nichts ist doch peinlicher, als wenn man ein Berufsfeld falsch beschreibt, nicht einmal die Dienstränge bei der Polizei korrekt hinbekommt. Insoweit würde mir so ein Fantasyroman mehr liegen, da muss ich nur die Handlung und die Konsequenz beachten.

Es gibt verschiedene Beispiele dafür, warum Fernseh- bzw. Pressewissen und Realität auseinanderklaffen. Wer weiß es nicht, dass eine Lebensversicherung bei Selbstmord nicht zahlt und daher ein Selbstmord des todkranken Vaters zur Rettung der Familie seine Angehörigen tragischerweise dennoch verarmen lässt? Nur, dass dies leider nicht stimmt, ich weiß es aus dem persönlichen Umfeld. Mein Vater hat sich selbst das Leiden verkürzt, es wurde nicht als ‚normaler Tod' verschleiert. Dennoch bekam meine Mutter die Summe der Lebensversicherung voll ausgezahlt. Es gibt meist nur eine Sperrfrist von zwei Jahren – verständlich, denn wenn ich eine Versicherung mein Eigen nennen würde, hätte ich auch keine Lust auf Kunden, die auf einen Selbstmord spekulieren.

Zurück zum Blut. Ein wenig ist erlaubt, es darf an der passenden Stelle strömen oder eine Lache um den toten Körper bilden. Das gehört zur Atmosphäre. Aber ich muss als Autor nicht Stunden und Seiten mit der Beschreibung von Leichen und ihren Wunden verbringen. Ich mag zum Beispiel diese ganzen forensischen Untersuchungen mit ihren gruseligen Details nicht. Ich muss nicht sehen, wie eine Leiche nach der Autopsie wieder notdürftig zusammengenäht wird. Ich bin nur froh, dass in meiner Kindheit und Jugend im Fernsehen der Umgang mit Wunden und Blut wesentlich zurückhaltender war. Wenn ich mir das alles hätte anschauen müssen, was da heute so über den Bildschirm tropft, ich hätte ein schweres Trauma davongetragen.

Es würde also bluten in meinem Thriller, und zwar da, wo ich es für nötig halte, ohne dass es die Stimmung dominiert. Das Subtile ist heute nicht mehr gefragt, wer nicht eine oder zwei zerhackte Leichen detailliert beschreibt, wird nicht gerne gelesen. Dies ist ein weiterer Grund, warum mein Thriller, wenn ich ihn denn schriebe, zur Unverkäuflichkeit verdammt wäre. Vielleicht würde ihn, wenn die Idee genial sein sollte, ein Drehbuchautor aufgreifen und mit den nötigen Brutalitäten, Gewalttätigkeiten und ‚Blutergüssen‘ publikumsnah aufpäppeln. Es bleibt allein die Frage, wie hoch die Summe ist, damit ich das zu ertragen bereit bin. Wie bestechlich bin ich? Kurz in mich hineingehorcht: Solange ich mir das Machblutwerk dann später nicht anschauen muss, sollte ein Milliönchen reichen.

Bestechlichkeit beginnt ebenfalls mit B. Leider finde ich Bestechlichkeit eher langweilig, vielleicht, weil sie so lebensnah ist. Brutalität gehört zum B, aber auch das mag ich nicht, weder brachiale Brutalität noch verhaltene über die Psychomasche. So hat der Film *Clockwork Orange* mich jahrelang verfolgt. Das brauche ich nicht selbst zu fabrizieren.

Wenn schon Blut, ergibt sich die nächste Frage: Wie viele Leichen muss es geben? Reicht eine am Anfang für die ganze Geschichte? Oder ist es wie bei Inspektor Barnaby, bei dem immer eine Leiche auf die andere folgt? Mindestens zwei werden es dort, meist drei und gelegentlich vier, bis alle Verdächtigen tot sind. Das vereinfacht die Aufklärung. Beides hat seinen Reiz. ‚Nur‘ eine Leiche erfordert Handlungsnebenstränge, die den Leser wachhalten, das Geflecht der Geschichte muss dichter sein. Mehrere Leichen geben eine hilfreiche Sequenz vor und helfen dem

Leser bei der Aufklärung, bevor der Autor sie auswalzt. Wenn ich einen Krimi lese, fange ich mit den ersten dreißig oder vierzig Seiten an und widme mich dann umgehend dem Ende. Sonst nimmt die unerträgliche Spannung mir das normale Lesetempo und ich überfliege den Text nur noch. Zu bedenken wäre daher, ob ich gleich das letzte Kapitel an den Beginn setze. Nach reiflicher Überlegung bin ich zu dem Schluss gekommen, dass ich solche drastisch neuen Pfade erst begehen werden, wenn ich das Erzählen von Kriminalgeschichten beherrsche.

Unabhängig von diesen Überlegungen bieten meine Beispielanfänge geeignete Aderlässe. Bei Anfang 1 ist es schon vorhanden, bei Anfang 2 erwarten wir alle, dass der Postbote beim Eintritt in den Garten jede Menge Blut sieht. Und im letzten, dem Versicherungsfall, liegt die Blutlache förmlich auf dem Schreibtisch, wenn dort von einem Toten gesprochen wird. Möglich ist auch folgendes Szenario: Der Versicherungstote liegt schon länger im Grab oder einem Kolumbarium, er wird womöglich exhumiert. Das funktioniert natürlich nur mit einem Grab, nicht dem humuslosen Kolumbarium. Schwirrt gar noch eine Blutprobe des Toten umher? Und wenn man die Geschichte gar nicht dahin bekommt, dass die erste Leiche Blut lässt, kommt eben eine zweite hinzu. Auf keinen Fall möchte ich unsere beiden Bis-Jetzt-Protagonisten dafür heranziehen. Sie sind mir schon zu sympathisch. Einmal böte sich die nette, aber Ach-so-genaue Chefin an. Zwar fällt mir momentan nicht ein, warum so eine Abteilungsleiterin blutig dran glauben muss. Gelegenheiten hierfür werden sicher auftauchen. Im Zweifelsfall wird die Mafia dafür herhalten, obwohl ich Krimis mit der Mafia weder lesen und außer „Dem Paten" noch sehen mag.

C wie Caesar, Cedric oder Cornelius

Während ich in der Küche die Spülmaschine einräumte, überlegte ich, wie wohl der Krimi ein C aufnehmen könne. Über einen Namen? Da kam mir Caesar in den Sinn. Ja, eine der männlichen Hauptfiguren sollte diesen Namen tragen. Das gefällt mir, ohne dass ich einen Grund dafür nennen könnte. Wenn ich einmal gleich zum Versicherungsfall übergehe: An der Tür steht „Versicherungsfachmann C. Dubczik". C wie Caesar, wie unser Freund gerne hinzufügt. Dritte Generation Deutschland, ursprünglich Slowakei. Dies gehört unter D wie Dubczik. Dubczik hieß übrigens in meinem Entwurf mit Nachnamen erst Dubiczek. Während ich über die Kombination mit Caesar nachdachte, gefiel mir das nicht, der Name hinterließ so ein *Das-gibt's-nicht*-Gefühl. Also stieg ich um auf den handlicheren Dubczik. Eine nachträgliche Recherche im Internet bestätigte es: Dubiczek gibt es nicht, Dubczik recht häufig. Was einmal wieder zeigt, was unser Gehirn so alles aufnimmt, ohne dass wir es merken.

20

Denn von irgendwo musste ich doch *wissen*, warum der eine Name mich überzeugt, der andere nicht, denn Kubiczek gibt es und ist mir auch bekannt (die Schauspielerin Ruth Maria). Und ich habe keinerlei Verbindungen zur Slowakei, weder in der Familie noch im Freundes- oder Bekanntenkreis.

Wenn ich es mir im ersten Fall (der Leiche) einfach machen möchte, heißt der Tote Cedric mit Vornamen. Das gefällt mir auch: ein Mann so um die fünfzig, massiver Körperbau, aber nicht dick, fülliges Haar, ein teurer Anzug, eine prall gefüllte Brieftasche (wenn sie noch am Tatort liegt). Cedric Cornelius könnte er heißen, was mir dann doch zu albern ist, auch wenn es diese Kombinationen gibt, nicht zuletzt in Walter Wilkesmann (auch ein Stabreim). Cedric Beier oder Beyer wiederum erscheint mir ein geeigneter Leichenname. Und ja, seine Brieftasche sollte am Tatort sein, sie liegt offen im Gras. Und hier fängt es schon an, dass ich zurückblättern muss: Lag der Tote wirklich im Gras oder war da nicht was mit Asphalt? Ich habe nachgeschaut: Die Leiche liegt halb auf der Straße, aber am Ortsausgang, die Brieftasche könnte also mit Glaubwürdigkeit durchaus im Gras liegen. Offen, durchsucht, etwas fehlt, seine Frau weiß erst gar nicht, was das sein könnte, als man sie befragt. Die Fotos der Kinder sind noch da, ihres auch – fehlt da nicht eine Visitenkarte? Es fällt ihr schwer, sich zu erinnern, während sie mit den Tränen kämpft. Oder war es die

Karte zum Bankfach? Cedric Beyer ist seit sechsundzwanzig Jahren mit seiner Frau Kirstin verheiratet, sie haben drei Kinder. Da ist die Älteste, jetzt vierundzwanzig, mit dem schönen Namen Elaine. Das mittlere Kind, ein Sohn, ist vierzehn, da klafft eine kinderlose Lücke. Es wäre interessant zu erfahren, warum es solange bis zum zweiten Kind gedauert hat. Der Name Dragon (des Sohnes) ist ebenfalls ausgefallen. Was war der Grund für die Lücke? Karriere? Es klappte nicht wegen Stress, mangelnder Gesundheit? Da es nicht direkt etwas mit dem Fall zu tun hat, können wir das hier vernachlässigen. Das Nesthäkchen der Familie ist zwangsläufig verwöhnt, was zu ihrem Namen Naomi passt. Die Zehnjährige sitzt mit großen Augen neben ihrer Mutter, während diese die Lücken in der Brieftasche zu klären sucht. Naomi hat noch nicht begriffen, wie umfassend sich ihr Leben ändern wird. Der Cedric ist hier passend eingebettet.

Bleibt die Familie Mustermann. Dazu gefallen mir weder Cornelius noch Carlo. Der Postbote, der zu einem Schicksalsboten zu werden scheint, wäre für den Namen Carlo geeignet. Es ließe ihn aus der Masse der Postboten mit seinem klassischen Namen herausragen. Es würde auch bedeuten, dass er mehr sein müsste als nur der Entdecker einer blutgerinnungsfördernden Szene, das wäre sonst Verschwendung eines Namens. Der Übeltäter kann er nicht sein, dafür geht er zu unschuldig an den Schauplatz heran. Es bestünde die Möglichkeit, dass er sich als Hobby-Detektiv betätigt. Allerdings müsste dann am Ende ein Happy End stehen, vielleicht mit einer Caroline? Nein, das ist albern. Andererseits könnte auch Frau Mustermann geborene Hellerwiesen einen jüngeren Bruder haben, Cornelius Hellerwiesen. Er ist – wie könnte es anders sein? – das schwarze Schaf der Familie. Vor allem Familie Mustermann schaut auf Cornelius H. herab, weil er sein Studium nicht beendet hat, abgerutscht ist, sich aber am Ende bekrabbelt hat. Derzeit besitzt er ein großes Fitness-Studio, dessen Finanzierung der mustermannschen Seite suspekt ist. Er ist so eine Mischung aus Lebemann, Charmeur und Finanzjongleur, immer bester Laune, selten sieht man ihn ernsthaft. Bis auf die letzte Szene, in der er seiner Traumfrau seine Liebe gesteht. Wobei zu überlegen wäre, wie diese in die Geschichte passt, denn so eine Traumfrau fällt im Krimi nicht vom Himmel. Wollte man den Leserinnen der Geschichte einen Gefallen tun, so ist die Traumfrau eine eher unscheinbare Gestalt, die schon einige Jahre in Cornelius Hellerwiesens Umfeld vorhanden ist, die er aber nie wahrgenommen hat. Während sie nun gemeinsam vom Schicksal gerüttelt durch die Krimiwogen geschwappt werden, entdeckt Caesar, dass die junge Frau gar nicht so unscheinbar ist, wie er immer dachte. Ihr ganzes Gesicht wird bildschön, wenn sie lächelt, vor allem, wenn sie ihn anlächelt.

Ein Traum aller unscheinbaren Frauen oder solcher, die es werden wollen.

D wie Dolch

Der Name Dubczik fiel. Dabei ist dies nur eine falsche Schreibweise für *Dubczuk*, womit unser Caesar zeit seines Lebens zu kämpfen hatte. Eigenartig ist, dass es am Tag des ‚C' viele Hinweise auf Dubczik gab, die überraschenderweise dann am Tag des ‚D' wie von Geisterhand gelenkt aus dem Internet verschwunden waren. Dennoch gebe ich Caesar Dubczik eine slowenische Herkunft, dritte Generation. Er hat eine ältere Schwester mit Namen Catharina, ein Name, der von den Eltern in alter Tradition ausgewählt wurde. Sie wird hier nur durchs Bild wirbeln, ohne echten Einfluss auf das Geschehen zu nehmen. Festzustellen ist eben nur, dass das Ehepaar Dubczik seinen Kindern Namen mit den gleichen Anfangsbuchstaben gegeben hat. Hätten sie geahnt, dass sie ein zweites Kind bekommen, hätten sie ihre Tochter vermutlich Mareike, Stefanie oder Vera genannt, weil die entsprechenden männlichen Vornamen leichter zu finden und zu merken sind: Mario oder Michael, Stefan oder Stanislaus und Viktor. Die Namensgebung lässt daher darauf schließen, dass nur ein Kind geplant war. Der ungeplante Caesar hat sein ganzes Leben lang damit gekämpft, dass er sich so überflüssig vorkam, auch wenn ihm seine Eltern stets versicherten, dass er zwar ungeplant, aber keinesfalls unerwünscht sei.

Zwischendurch hatte ich die, meiner Meinung nach: brillante Idee, die drei möglichen Anfänge in einer einzigen Geschichte miteinander zu verweben. Dass sie alle Stück eines Ganzen sind, das sich wie ein Mosaik fein zusammenfügt. Das hat nur einen Haken: Erstens war mir nicht klar, wie ich sie zusammenfügen sollte, und zweitens erschien mir das ein immenser Arbeitsaufwand. Das heißt, ich müsste die Geschichte vor dem Schreiben konsequent durchplanen. Das erfordert zu viel Denkarbeit für ungewissen Ausgang.

Weiterhin habe ich rückwärts etwas geändert, mir fiel nämlich in diesem Moment auf, dass *Dolch* so ein perfektes D-Wort ist. Also habe ich bei Anfang (1) nachgeschaut, da wurde nur ein Messer erwähnt. Wofür gibt es die Suchfunktion? Ihr werdet jetzt nur von einem Dolch lesen, das Messer ist förmlich den Tisch heruntergefallen.

Im Gegensatz zum Messer, das primär zum Schneiden ausgelegt ist, ist der Dolch als Stichwaffe konzipiert. Bei Dolchen ist der Schneidenwinkel 1,69- bis 2-mal so groß wie bei einem einschneidigen Messer derselben Klingenbreite und -dicke. Aus diesem Grund sind Dolche tendenziell stumpfer als Messer; dabei ist jedoch zu berücksichtigen, dass der Schneidenwinkel kein allein entscheidendes Kriterium für die Schärfe einer Klinge ist.[*]

---

[*] Wikipedia, Stichwort Dolch

Dolche sind heute nicht in jedem Küchenhandel käuflich zu erwerben, sie sind unmodern. Also muss ein exotischer Dolch aus dem 19. Jahrhundert herhalten, eine antiquarische Rarität. Nein, keine Rarität, dann wäre der Täter vermutlich zu leicht zu identifizieren. Ich wähle einen indischen oder malaysischen Dolch mit antiquarischem Touch, wie es viele gibt. Vermutlich wurde er aus dem Ausland nach Deutschland geschmuggelt, denn bei eBay beispielsweise ist der Verkauf von Waffen inklusive Schwertern und Dolchen nicht zulässig.

Der Dolch in diesem Mordfall ist frei von Fingerabdrücken und wurde dem Opfer mit voller Wucht in den Körper gerammt. Wohin genau? Das habe ich am Anfang nicht geschildert, die Herzgegend wäre schon mal geeignet. Näher möchte ich darauf nicht eingehen, weil ich mich sonst in forensische und anatomische Details vertiefen und verlieren müsste, was ich, wie immer wieder gern betont, auf jeden Fall vermeiden möchte. Es darf etwas Blut in meinem Thriller vorkommen, aber nur kurz und nicht als Grundlage vieler Seiten. Der Dolch ist da schon ansprechender, die Frage ist nur: Wie komme ich um ausgiebige Nachforschungen herum, wenn ich ihn nutzen will? Ich werde daher schauen, ob der Dolch in eine Spur führt.

Braucht der Postbote einen Dolch? Er könnte sich daran erinnern, wie ihm die mitteilsame Frau Mustermann einmal lachend erzählt hat, dass sie ihre Briefe immer mit einem für diesen Zweck völlig überdimensionierten Dolch öffnet. Als er um die Ecke in den Garten kommt und er das grauenhafte Bild entdeckt, das sich vor seinen Augen ausblutet, sieht er als erstes Frau Mustermann, den Dolch umklammert, der in ihrem Bauch steckt. Er denkt, und weiß gleichzeitig, wie furchtbar das ist: „Da hat Frau Mustermann sich selbst wie einen Brief öffnen wollen", er kichert völlig verstört und hilflos. So findet ihn Cornelius Hellerwiese, der – so sagt er zumindest – gerade auf dem Weg war, um sich von seiner Schwester ein wenig Geld zu leihen. Oder vielleicht sogar welches zurückzubringen? In diesem Falle hätte er ein Bündel Geldscheine bei sich, deren Herkunft erklärungsbedürftig ist. Der arme sensible Postbote wird sich von diesem Schock seiner eigenen grausamen Gedanken nie erholen und wird sein restliches Leben lang in unregelmäßigen Abständen wiederholt in eine psychiatrische Klinik eingewiesen. Somit ist Cornelius Hellerwiese ebenfalls am Tatort. Ist er ein Mörder, der zum Tatort zurückkehrt? Wo sind die anderen Familienmitglieder? Cornelius hat einen schrecklichen Verdacht und stürmt ins Haus, statt erst einmal die Polizei zu rufen. Er weiß nie, ob er 111 oder 112 wählen muss und ob das auf dem Handy auch geht. Hier verlassen wir die desolate Szene.

Aus dem Versicherungsfall möchte ich den Dolch lieber herauslassen. Besser gefällt mir hier im Zentrum des Geschehens ein anderes D-Wort: ein Darlehen, das der angeblich Verstorbene kurz vor seinem Tod aufgenommen hat. Als Sicherheit diente das Vermögen seiner Frau. Und es ist ein Dienstag, als wir in diese Geschichte mit Caesar Dubczik einsteigen. Ein Montag kann es nicht sein, denn wir wissen, dass er seinen Bericht schon hätte am Vortag abgeben müssen. Keine Versicherung erwartet Berichte am Sonntag (hoffe ich zumindest). Ein Montag als Abgabetag für einen Bericht ist stimmig, da haben die Mitarbeiter am Wochenende Zeit, falls sie in der Woche nicht dazu gekommen sind. Dubczik verbringt seine Wochenenden lieber mit anderen Dingen als mit irgendwelchen langatmigen Berichten. Trotz seines, wie seine Besucherin festgestellt hat, „mittelmäßigen Erscheinungsbildes" kommt er bei Frauen gut an. Sein Geheimnis ist sein Lächeln, ebenso sein leises, gewinnendes Lachen. Er ist sich zum Glück dessen nicht bewusst, sonst würde er versuchen, es gezielt einzusetzen, womit es an natürlichem Charme verlieren würde. Insofern verbringt er die Wochenenden eben lieber mit der einen oder anderen Freundin. So richtig gefunkt, dass es für eine gemeinsame Wohnung oder mehr reichen gereicht hätte, hat es hingegen bisher nie. Für einen kleinen Ausflug in die Natur (er fotografiert gern) oder ins Kino, Theater, Eis schlecken oder Pizza essen und so die Einsamkeit vertreiben, sind seine weiblichen Bekanntschaften gut genug. Wobei er kein Womanizer ist, der alle Frauen gleich meint verführen zu müssen oder zu können. Er hat diese lockere Art, die nichts verlangt, und deshalb ist er so beliebt. Wie schon zu Beginn zu lesen ist, findet auch die noch namenlose Großkusine dies charmant und einnehmend. Sie sollte langsam einen Namen bekommen, E wäre gut, weil es bald dran ist. Leider gefallen mir die Frauennamen mit E, die mir so in den Sinn kommen, nicht. Emilie? Eva? Edeltraud? Erika? Nein, es muss ein N sein. Ich greife an dieser Stelle kurz vor: Es wird Nadine oder Nicole. Im Moment tendiere ich eher zu Nadine. Wenn ich Nicole höre, höre ich immer die kölsche Version „datt Niköllsche". Nee, das passt nicht zu unserer jungen Dame. Wobei: So jung ist sie nicht mehr. Es wäre zu überdenken, ob sie eine alleinerziehende Mutter Anfang dreißig ist. Alleinerziehende Mütter sind neuerdings gute Identifikationsfiguren für die Leserinnen, aber wohl eher in Schmonzetten. Eine Liebesgeschichte dürfte es nur am Rande geben. Dann doch lieber eine Karrierefrau?

E wie Ehemann

Ehemänner eignen sich hervorragend als Mörder ihrer Ehefrauen, umgekehrt gilt dasselbe. Es gibt das Gerücht, dass Frauen eher vergiften als grobe Gewalt einzusetzen. Cedric Beyer von seiner Ehefrau ermordet, nach mehr als einem Vierteljahrhundert gut funktionierender Ehe? Da müssten wir durchleuchten, wie gut diese Ehe wirklich war. Oder Cedric Beyer ist in zweiter Ehe mit einer jungen Frau verheiratet, die sich nun mit einem Gleichaltrigen eingelassen hat, der ... Tja, jetzt fehlt doch wahrhaftig ein Name für Cedrics zweite Ehefrau. Es heißt also, einen weiteren Namen zu finden. Sandra? Wie wäre es mit Sandra? Ja, ich glaube Cedrics junge Frau heißt Sandra.

Ich merke, dass ich immer wieder nach oben scrolle, weil ich Fakten oder Merkmale der Figuren vergessen habe. Das ist lästig, muss ich jetzt doch eine Liste anlegen? Eine Kartei? Genau das wollte ich vermeiden. Das funktioniert nur, wenn ich mich von den drei liebgewordenen Anfängen trenne. Nun, das E schaffe ich wohl noch so. Dabei hatte ich gedacht, Cedrics Ehefrau hat auch keinen Namen, aber sie heißt bereits Kirstin (deshalb musste ich nun einen ganzen Absatz löschen, den ich bereits über die doppelte Namensproblematik verfasst hatte).

Also, wenn Cedric Beyer von seiner zweiten Ehefrau, der Sandra, umgebracht wurde, so geschah das wahrscheinlich eher durch die Hand ihres nichtsnutzigen Geliebten, der zwar Sandra will, aber auch das Geld. Obwohl nicht zu verachten ist, dass Cedric noch nach seinem Tod bereits drei Kinder und eine geschiedene Ehefrau zu versorgen hat, zumindest pflichtteilmäßig. Vielleicht trug Cedric Edelsteine bei sich, die der junge Geliebte (Boris fürs Erste) gestohlen hat? Boris wusste natürlich um diese Umstände und gedachte so, das Erbe zu vergrößern. Ja, vielleicht hatte er sogar einen Plan ausgeheckt, wie er – über Sandra – Cedric dazu bringen konnte, an diesem Abend so reich bestückt an den Ortsausgang zu gehen. Es erklärt jedoch nicht die doppelte Mordweise. Da müsste noch ein Seitenhaken her.

Im zweiten Fall war vorgegeben, dass der Postbote – der, das habe ich soeben beschlossen, vielleicht namenlos nur „der Postbote" bleiben könnte – Frau Mustermann im Blutbad entdeckt. Wenn Herr Mustermann als Ehemann der Mörder sein sollte, müssen zwangsläufig auch die Kinder umgebracht worden sein, denn der Postbote eilt, Unheil ahnend, ins Haus. Ebenso möglich ist es, dass seine oder Cornelius Heilmanns böse Ahnungen nur leere Luft sind. Die Kinder waren an diesem Tag glücklicherweise zu Besuch bei der Großmutter (‚Omi'). Dramatischer wäre es, wenn die ganze Familie Mustermann mehr oder weniger grausam verteilt im Hause vorgefunden werden könnte. Dann wäre es eben nicht der Ehemann.

Ich habe soeben beschlossen, eine Kartei in Tabellenform anzulegen. Ich arbeite nicht oft genug an dem Text, um alles im Kopf zu haben. Da war mir Kirstin doch tatsächlich entfallen! Das hat sie nicht verdient, wo sie doch schon schmählich von Cedric für eine Jüngere verlassen wurde.

Hier der momentane Einblick in die Karteitabelle – bis jetzt. Ich merke schon, der Aufbau ist nicht ideal, dennoch ist Verschieben im Lichte der Ereignisse deutlich einfacher, als ständig zu scrollen und umzuschreiben.

Gruppe 1

Name	Alter/ Äußeres	Verheiratet	Funktion
Cedric Beyer	Um die 50. Massig gebaut, dickes, fülliges Haar.	Mit Kirstin in 1. Ehe (26 Jahre verheiratet), mit Sandra in 2. Ehe.	Opfer von Schuss- und Stechwunde (Dolch) Prall gefüllte Brieftasche, Edelsteine dabei?
Kirstin Beyer	Auch um die 50	Erste Ehefrau von Cedric, 3 Kinder von Cedric.	Evtl. Mörderin
Sandra Beyer	Um die 30	Zweite Ehefrau von Kristin, Geliebte von Boris.	Evtl. Boris zum Mord angestiftet.
Boris	Ende 20.	Geliebter von Sandra, evtl. Edelsteine von Cedric gestohlen.	
Elaine	24	Älteste Tochter von Cedric und Kirstin.	
Dragon	14	Sohn von C&K, mittlerer.	
Naomi	10	Nesthäkchen von C&K.	
Omi		Dragon und Naomi verbringen den Tag bei ihr.	

Gruppe 2

Name	Alter/ Äuße-res	Verheiratet	Funktion
Post-bote			Findet Leiche von Frau Muster-mann. Bringt wat-tierten Umschlag für Frau M., Vorname des Absenders nur mit 1 Buchst. notiert.
Frau Muster-mann		Verheiratet mit Herrn Mustermann, 2 Kinder.	Mordopfer; liest Strickzeitschriften.
Corne-lius Heller-wiesen		Nichtsnutz, Char-meur, Lebemann, Finanzjongleur, immer gut gelaunt, findet nach dem Postboten die Lei-che(n).	
Junge Frau		„Traumfrau" von Caesar, nicht wich-tig in der Geschich-te, finden sich in letzter Szene.	
XXX Muster-mann	Um die 15		Jüngste Tochter, liest Teenie-blättchen.
Herr Muster-mann		Wohnt mit Familie seit 8 Monaten in dem Haus.	Werkzeugkatalog

Gruppe 3

Name	Alter/ Äußeres	Verheiratet	Funktion
Junge Frau, Nadine. Kommt an einem Dienstag zu Dubzcik	Alleinerziehende Mutter, Anfang 30, oder Karrierefrau. Mittelgroß, mittelschlank, mittelhübsch. Mittellange brünette Haare, etwas mehr als kinnlang.		Lederrucksack, Foto von Großcousin, der angeblich tot, aber auf Radarfoto
Caesar Dubczik	Ende 20	Gewinnendes Lächeln, das Frauen um den Finger wickelt, dessen er sich aber nicht bewusst ist.	Versicherungsdetektiv
XXX		Penibel	Nette Chefin von Dubczik, evtl. 2. Mordopfer
Catharina Dubczik			Ältere Schwester von Caesar
Großcousin		Darlehen, dass der angeblich Verstorbene kurz vor seinem Tod aufgenommen hat.	Verstorben, aber auf Radarfoto zu sehen.

Ich bin erstaunt, wie viele Informationen sich schon zusammentragen ließen, wow!

F wie Finanzen oder Friedhof

Geld spielt in Krimis immer eine große Rolle. Daher fände ich eine Verbindung zwischen dem Finanzgenie oder Finanzversager Cornelius Hellerwiesen und

Nadine nicht uninteressant, es würde zwei Geschichten verknüpfen. Immerhin geht es bei Nadine um Versicherungsbetrug. Es ließe sich hier über die Finanzen eine romantische Beziehung anbahnen. *Cornelius und Nadine* klingt gut. Der Leichtfuß Cornelius gefällt mir zur netten Nadine.

Ein Teil der Geschichte könnte auf dem Friedhof spielen. Das böte sich für den Versicherungsfall an. Der Großcousin von Nadine ist ja nach seinem Tod auf einem Radarfoto zu sehen, somit würde es sich anbieten, das Grab zu öffnen. Es könnte sein, dass der angeblich Tote verbrannt wurde. Da gäbe es dann die Möglichkeit, dass keine Asche in der Urne ist oder alternativ, dass sich verbrannte Überreste in der Urne befinden, man aber nicht weiß, von wem sie stammen. Bedauerlicherweise habe ich keine Kenntnisse darüber, ob man an Asche forensisch noch irgendetwas feststellen kann. Hier wäre Recherche vonnöten! Kann man anhand der Schlacke noch etwas identifizieren, so ließe sich ohne größere Umstände herausfinden, ob ein Berg Papier, drei tote Kaninchen oder eine menschliche Leiche verbrannt wurden. Ich tendiere zu menschlichen Überresten. Schließlich dreht sich der Krimi um einen Mord, nicht um einen reinen Versicherungsbetrug.

Wie wird die Urne geborgen? Aus der Erde lässt sie sich ausgraben, oder steckt sie in einem Kolumbarium? Bis vor kurzem kannte ich nur die Möglichkeiten, die Urne im Boden zu bestatten. Dank meiner Aktivitäten mit Pokémon Go habe ich die Existenz von Kolumbarien als Platz für Urnenbestattungen kennen gelernt. Wie auch immer – bitte kein Nieselregen, kein Gewitter oder sonstig kitschiger Hintergrund für das Bergen der Asche, das ist so ausgelutscht. Caesar und Nadine sind dabei, das Wetter ist herbstlich lau-frisch und die Vögel zwitschern. Dennoch läuft Nadine ein kalter Schauer über den Körper. Ein Problem taucht auf: Man kann doch nicht einfach zum Friedhofsgärtner gehen und sagen: „Bitte holen Sie die Urne von Tante Berta aus dem Grab, ich möchte sehen, was in der Urne ist." Wo beantrage ich das Öffnen eines Grabs (Kolumbariumsfachs) und wer muss/darf dabei sein? Da ich fest entschlossen bin, praktisch nichts zu recherchieren, verlasse ich diesen spannenden Pfad wieder. Andere Autoren können das ja aufgreifen und bewerkstelligen. Ein letzter Blick auf den Friedhof zeigt, wie Caesar und Nadine sich erstaunt über den Kopf des Friedhofsgärtners anschauen. Der Rest bleibt erst einmal offen.

Auch im Fall des ermordeten Cedric Beyer (Anfang 1) kann der Friedhof eine Rolle spielen. Wir alle wissen aus zahlreichen Krimis, dass die Polizei im Hintergrund die Beerdigung beobachtet, weil sie Einsichten von den Besuchern erwarten. So nach der Regel „Der Mörder kommt häufig zur Beerdigung."

Dies ist reines Filmwissen, aber so zahlreich tradiert, dass ich es unüberprüft übernehme.

Kirstin trägt einen Hut mit schwarzem Schleier. Das kenne ich auch nur aus Filmen. Wer trägt denn in Deutschland ernsthaft noch einen Hut mit schwarzem Schleier bei einer Beerdigung, auf der heutzutage viele schon gar kein Schwarz mehr tragen? Gedanken machen muss ich mir auch darüber, ob Cedric evangelisch, katholisch oder konfessionslos ist. Dadurch ist zum einen die Art des Friedhofs festgelegt und zum anderen, wer die Grabrede hält. Ich denke, Cedric ist konfessionslos. Dazu habe ich selbst Erfahrungen, denn ich habe bei der Beerdigung meines Großvaters schon eine überaus peinliche Grabrede eines bestellten Redners gehört. Nicht einmal den Namen bekam er korrekt hin. Ich lasse den Grabredner in diesem Buch schwülstig reden (Elaine verdreht ständig die Augen) und gelegentlich „Herr Meyer" statt „Herr Beyer" sagen. Ansonsten beschränkt er sich auf „der liebe Verstorbene". Wer weiß, wer da die Augen verdreht? Der Mörder mit Sicherheit. Naomi, die Kleinste, weint wieder herzergreifend. Andererseits bieten sich auch Sandra und Boris als Hauptgestalten der Beerdigung an, ich habe mich noch nicht entschieden. Sandra würde ein sündhaft teures Kleid tragen, Boris von einem Fuß auf den anderen treten, weil er sich deplatziert fühlt.

Die Friedhofsstimmung lässt mich von der zweiten Ehefrau und ihrem Geliebten Abstand nehmen. Lassen wir Cedric mit Kirstin verheiratet sein. Sie trägt einen dunklen Hosenanzug, dazu eine dunkelblaue Jacke, es regnet nicht. Die Kinder tragen zwar gedeckte Farben, aber so viele schwarze Kleidungsstücke haben sie nicht im Kleiderschrank. Die Beerdigung ist zahlreich besucht, denn Cedric Beyer war Sparkassenleiter einer kleinen Sparkasse in einem Vorort einer großen Stadt. Ja, diese Stadt sei Köln. Das kenne ich ein wenig aus meiner Studienzeit, da muss ich nicht tausend Filme über die angegebene Großstadt schauen, bevor ich die Sparkasse dort platziere.

Warum trägt ein Sparkassenleiter Juwelen mit sich herum? War er unlauter und hat die Schließfächer geräubert? Oder war das sein erspartes Vermögen? Diese Frage wäre zu klären, falls dieser Krimi je geschrieben würde.

Ein Friedhof könnte auch im Falle Mustermann involviert sein. Ich könnte das parallel laufen lassen wie im Fall Beyer, nur dass hier Herr Mustermann als Witwer mit den Kindern dumm herumsteht. Wäre die ganze Familie ermordet worden, ergäbe sich ein anderes Bild. Herr Mustermann war IT-Manager und die Frage steht im Raum, ob die Ermordung der Familie vielleicht etwas mit Datenschutz oder bahnbrechenden IT-Erfindungen zu tun hat. Wobei hier als Raum die

Friedhofskapelle zu wählen wäre, denn Familie Mustermann gehört zumindest auf dem Papier zu den Protestanten. Gerne würde ich sie der neuapostolischen Kirche zuordnen (dort gibt es einen Pokéstop für mich), aber davon habe ich gar keine Ahnung. Recherche würde drohen, die dann nicht einmal zum Ziel führt, weil die Konfession auf keinen Fall etwas mit dem Mord/den Morden zu tun hat. Hellerwiesen und der Postbote sind gekommen. Es wird getuschelt, dass Hellerwiesen nur anwesend ist, um ein größeres Erbe anzutreten, das ebenfalls im Zentrum vieler Gerüchte steht. Das Erbe besteht lediglich aus einer kleinen Lebensversicherung und dem Haus. Würde ein Leichtfuß wie Hellerwiesen überhaupt in einem Hause wohnen wollen, in dem seine Schwester samt Anhang ermordet worden ist? Wobei ich mich spontan, ohne weiter nachzudenken, dafür entschieden habe, dass die ganze Familie Mustermann dran glauben musste. Ein schauriges Bild! Von Herrn Mustermann sind einige Kollegen zur Beerdigung erschienen, zwei Freundinnen von Frau Mustermann und die gesamten Schulklassen der beiden Kinder. Am Zaun des Hauses werden Unmengen von Blumen, Kerzen und Teddybären abgelagert. So ein tragischer Todesfall ist eine geeignete Deponie für überflüssigen Kleinkram.

Für die Polizei ist Cornelius Hellerwiesen der Hauptverdächtige. Wir erkennen an seinem normalerweise fröhlichen Lächeln, dem schwer zu bändigenden blonden Haar usw., dass er es nicht sein wird, sondern dass er eher einer romantischen Verstrickung erliegen wird. Vielleicht lasse ich ihn zusammen mit dem traumatisierten Postboten Motiv und Mörder finden? Cornelius hat keinen festen Job, das Fitness-Center läuft laut Gerüchteküche nicht mehr so recht, und der Postbote nimmt sich eine Auszeit. Als Beamter hat er sich möglicherweise ein Sabbatjahr zusammengespart. In diesem Fall muss er einen Namen haben. Martin Schröter? Das klingt passend und lässt ihn etwas älter erscheinen als Cornelius. Die beiden geben ein prima Duo aus Leichtsinn und Behäbigkeit. Er ist sechsundfünfzig Jahre alt. Wenn die romantische Verstrickung von Cornelius hinzugenommen wird, könnten die drei zusammen am Ende eine Detektei gründen. Das wäre ein gelungener Einstieg in eine Krimiserie! Die zukünftige Freundin von Cornelius ist Computerexpertin (und heißt Klara-Anna Schwesig), was Raum lässt für Martins Frau, die an der Rezeption sitzen wird. Bingo!

G wie Gericht, Gerichtsmedizin und Geld(gier)

Szenen vor Gericht fallen flach. Ich war außer bei einer Scheidung nie bei Gericht und müsste mir alles anlesen, und zwar ohne Gewähr, dass es stimmt. Auf Fernsehgerichte möchte ich mich schon gar nicht verlassen. Erst recht gilt das für die Gerichtsmedizin, die heute unter englischem Einfluss schon ständig Forensik genannt wird. Forensischen Themen steht nicht nur mein fehlendes Wissen entgegen. Ich mag nicht in Blut waten, über Blut schreiben oder mich gar mit noch ekligeren anatomischen Einzelheiten beschäftigen, wie ich weiter oben schon ausgeführt habe und vermutlich noch ein paar Mal hinzufügen werde.[*] Da bleibt das Geld. Geld und Geldgier eignen sich immer als Motive. Zumindest im Falle Cedric Beyer, unserem Mordopfer auf der Straße, lässt sich das leicht herausarbeiten. Trug er doch die Juwelen bei sich und war Sparkassenleiter! Da klingelt die Kasse auf allen Kanälen. Hier liegt das Motiv Habgier näher als eine Beziehungstat, wenn ich so genauer darüber nachdenke. Obwohl eine Kombination von Umbringen für den schnöden Mammon und Töten für den anderen Mann ebenfalls plausibel ist.

Beim Hinscheiden von Frau oder gar der ganzen Familie Mustermann erscheint mir doch das Geld allein ein wenig billig. Vor allem kommen mir auch gegen meinen Willen immer sehr blutige und grausame Bilder in den Kopf, wenn ich an das stille Haus denke, das der Postbote mit Cornelius H. betritt. Das riecht förmlich nach einem – man entschuldige den Ausdruck – Familienschlachtfest. Wobei nichts da-

---

[*] Da kann der psychologisch geschulte Leser sich nun fragen, warum ich das ständig wieder anspreche. Ist das eine Faszination mit dem Blutbösen?

gegen spricht, dass auch dort ein finanzielles Gier-
motiv im Hintergrund stehen könnte. Dass Geisel-
nehmer und Räuber nicht pingelig sind mit der Zahl
der Opfer, wenn sie Häuser überfallen, kennt man zu
Genüge aus der amerikanischen Krimiliteratur. Nun
ja, möglicherweise habe ich die falschen Romane
gelesen, aber mir drängt sich das Bild immer auf.
Dann wäre eher davon auszugehen, dass die Täter-
schaft familienfern ist. Oder ein auf Abwege (durch
Drogen?) geratener Cousin dritten Grades von Herrn
Mustermann, der den Tätern den Mund wässrig
gemacht hat. Die blutigen Spuren und die hohe Grausamkeit am Tatort lassen auf Drogensucht und halben
Wahnsinn schließen. Der niederträchtige Cousin ist
dann inmitten des Gemetzels aufgewacht und hat versucht, aufzuhalten, was noch aufzuhalten ist. Muss
denn wirklich auch Stefanie, die angstverschreckt und
weinend in einer Ecke sitzt und schon beobachtet hat,
wie ihre Eltern misshandelt und abgeschlachtet
wurden, noch mit dem Messer attackiert werden?
Dass sie aufgrund mehrerer schwerer Stichverlet-
zungen ausblutet und ihren vorwurfsvollen, tränenver-
hangenen starren Blick auf den Cousin gerichtet hat?
Dieser Blick wird ihn verfolgen. Da könnte ich mir
sehr dramatisch im Anschluss einen Selbstmord nach
Ausnüchterung vorstellen. Der Cousin dritten Grades
ist übrigens ein Cousin von Klara-Anna und trägt den

klangvollen Namen Johannes, der gewaltsam modernisiert zu Johnny verkürzt wird.

Ich denke, diese Linie der Geschichte würde ich nicht so gerne verfolgen, eben wegen der Grausamkeiten. Möchte ich denn etwas schreiben, was ich selbst nicht lesen will? Warum kommen mir, die ich jegliche Art von Blutbad oder forensischer Untersuchung, ja schon ausgewalzte Geburtsgeschichten verabscheue und bei mir bis zu weichen Knien und flauem Gefühl im Magen führen, ständig diese brutalen Bilder in den Kopf? Das passiert seit Notieren der ersten Szene in meiner Vorstellungswelt und will nicht verschwinden, auch wenn ich noch so sehr versuche, diese Geschichte in eine andere Richtung zu drängen.

Der Versicherungsfall passt perfekt in diese Rubrik. Da geht es vorwiegend um Geld, das wird jeder mutmaßen. Angefangen, so könnte ich mir das vorstellen, hat es mit einem vorgetäuschten Tod zwecks Versicherungsbetrug. Wie man das aus Krimis so kennt, wird der scheinbar Tote durch Mord dann zum echten Toten. Wo bleibt in diesem Fall das Geld? Hier bliebe der umgekehrte Weg: Es fängt mit Geld an (dem Betrug) und endet mit einer Beziehungstat. Mafiaverstrickungen wären hier ein gangbarer Weg. Die spätere Leiche braucht an dieser Stelle einen Namen. Versuchen wir es mit Manfred Kleinhaus. Was jetzt nicht bedeutet, dass unsere nette Nadine auch Kleinhaus heißt, da gibt es doch die Namensänderungen bei Heirat. Andererseits gefällt mir Manfred Kleinhaus als Name für einen Betrüger und ein mögliches Mafiaopfer nicht perfekt. Ein italienischer Name wäre wiederum plump und wenig überzeugend. Warum muss Manfred (= Arbeitsname) überhaupt diesen Versicherungsbetrug starten? Er muss in windige Geschäfte verwickelt gewesen sein, oder hatte er Spielschulden? Spielschulden klingt jetzt fantastisch! Dabei hatte alles harmlos angefangen: Er war mit den Kollegen Weihnachten im Spielkasino in Aachen gewesen, das erste Mal in seinem Leben. Er fand es zu Beginn eher alles ziemlich langweilig, war unglücklich mit der kleinkarierten Jacke, die er für den Zweiteiler an diesem Abend ausgewählt hatte. Er nippte an einem Glas Orangensaft, denn er wollte noch Autofahren. Tja, und dann hatte er unversehens Glück an so einer Maschine, die Münzen purzelten heraus. Er spielte eine Viertelstunde weiter, ging zum Roulettetisch, und immer war der Gewinn auf seiner Seite. Alle scherzten darüber und in heiterer Stimmung fuhr man heim. Aber der Spielvirus hatte Manfred gepackt. Er besuchte Aachen eine Weile regelmäßig. Das war ihm auf die Dauer zu weit und deshalb nahm er die Einladung zu einem kleinen Spielclub in seinem Ort an. Weiter und weiter hinab ging die Unglücksspirale. Das Auto verkauft, eine Hypothek auf die Eigentumswohnung, seine Frau entnervt ...

H wie Herz

Mal abgesehen davon, dass ein Herz immer ein gutes Ziel für eine Mordwaffe ist, kann es in einem Thriller auch einen wesentlichen Part übernehmen.

Ein Herz kann man mit dem Messer öffnen, eine Kugel darauf zielen oder ein Spezialherzgift in den abendlichen Kakao mixen. Ein Herz kann bei der Autopsie eine wichtige Rolle spielen. Richtig im Mittelpunkt steht das Herz jedoch selten in einem Thriller. „Mitten ins Herz getroffen", „die Klinge ging mitten ins Herz" – und das war's auf den ersten Blick schon. Das reicht mir, denn bekanntermaßen sehe ich den notwendigen Mord in einem Thriller lieber etwas abstrakter, nicht so fleischig, nicht so blutig.

Da ist mir das Herz im romantischen Sinne schon lieber. Allerdings müsste ich, würde ich einen Thriller schreiben, darauf achten, dass diese Art von Herz nicht überhandnimmt. Ansätze für herzige Verwicklungen gibt es in allen drei Beispielen: Mordopfer Cedric Beyer mit seinen beiden Ehefrauen und deren möglichen außerhäusigen Herzensangelegenheiten, Familie Mustermann mit allen Verwicklungen und dem möglichen Happy End zwischen Cornelius Hellerwiesen und Klara-Anna. Wobei ich mich an dieser Stelle frage, wie denn die Eltern von Klara-Anna so einen unmöglichen Namen wählen konnten. So viele A, und dann stößt das A am Ende von Klara auf das A am Anfang von Anna. Das kann man kaum aussprechen. Wird Caesar sie daher später, wenn sie zum Du übergehen, Klärchen, Ännchen, Klarinette, Schatzi nennen? Im Beispiel Nummer drei ist von Anfang an das Herz zwischen Caesar Dubczik und Nadine angelegt. Dies alles könnte unproblematisch sein.

Wie viel Herz möchte ich denn nun im Thriller oder Kriminalroman und wo? Möglich ist auch immer noch ein bis hierher unbekannter Inspektor, der sich in eine Zeugin verguckt. Oder eine Kommissarin, die dem Charme von Hellerwiesen erliegt? Ich kann mich theoretisch von den drei bekannten Beispielen lösen und einen komplett neuen Strang entwickeln. Dann lässt sich am Ende schauen, ob sich das mit einer Geschichte verträgt.

Beliebt ist auch, dass die Hauptverdächtigen gleichzeitig dem Detektiv/Kommissar so nahe sind, dass er sich zwischen beruflichen Pflichten und herzlichem Bedürfnis hin- und hergerissen fühlt. In einem Gespräch kann dann kriminelle Spannung parallel laufen zu emotionalem Geknister. Wie das in Romanen so ist, könnten beide extrem gutaussehend sein. Da mittlerweile in die Werbung schon viele Normalmenschen eingezogen sind, können wir das hier auch einführen. Also keine superhübschen Helden, ganz normal, wie weiter oben beschrieben. Zum Beispiel ist der Kommissar (Nikolaus Junghans, genannt „Niko") so um die 1,83 Meter groß. Sportlich, nicht auffällig muskulös. Seine Haare sind an der Stirn etwas weiter im Rückzug begriffen, als es seinem Alter von 43 Jahren entspricht. Eine tiefe Falte teilt seine Stirn in zwei Hälften, was ihn ernster aussehen lässt, als er ist. Diese Falte ist ein Erbmerkmal. Er ist dunkelhaarig. Nee, dann wäre er behaart, das ist nicht so recht der Zeitstil. Daher ist er mittelbraun in der Haarfarbe, nur Flaum liegt auf den Handgelenken, die Hände sind bitte schön gänzlich unbehaart. Seine Augen, tiefdunkel, bilden einen See des Verständnisses. Ja, das ist eine ergreifende Formulierung!

Weiterhin herzerwärmend ist unser Cornelius Hellerwiesen. Seit der letzten Bearbeitung dieses Alphabets sind viele Wochen vergangen. Ich müsste jetzt den ganzen vorherigen Text erneut lesen, damit ich alles wieder gegenwärtig habe. Ein weiterer Grund, warum ich derzeit kein Buch zu schreiben gedenke – länger währende Unterbrechungen sind bei mir immer mal möglich. Lücken führen zu Aufwand, will ich konsequent sein. Zum Glück bin ich zur Konsequenz und Einheitlichkeit nicht selbstverpflichtet, denn es ist ja nur ein Alphabet mit Beispielen. Geschickt aus der Schlinge gezogen, ha! Caesar ist als Sympathieträger in meinem Kopf gegenwärtig, ferner ist mir noch präsent, dass er immer als das schwarze Schaf galt. Warum eigentlich?

Da gäbe es die Variante des Lebemanns, also des Charmeurs. Die hatte ich ihm schon zugewiesen. Ein gewinnendes Lächeln, ein Grübchen, da wird auch gern von blitzenden Augen gesprochen.

Wie sollte Cornelius als Sympathieträger beschaffen sein? So richtig erfolgreich im Leben war er nie, in der Schule hat er es immer mit Ach und Krach geschafft, und das trotz seiner – unvermeidlich – überragenden Intelligenz. Er war intelligent genug, sich nicht als Hochbegabter zu positionieren, weil er schon früh ahnte, dass das mit Stress und einer Aufmerksamkeit verbunden wäre, die er sich nicht wünschte. Aber bloß nicht zu auffällig in der Schule versagen, das könnte den Blick auf ihn lenken, ebenso wie zu gute Ergebnisse es tun. Ein Studium hätte er sicher locker abschließen können, auch wenn ihm seine mäßigen Noten einige Fachrichtungen versperrt hätten. Man hätte vielleicht erwartet, dass er eine künstlerische Richtung einschlägt, aber auch das behagte ihm nicht. Sicher hätte er genug Verstand für die IT-Branche. Da ihm die Zahlen nur so zufliegen und somit Langeweile damit verbunden ist, lockt ihn das genauso wenig. Irgendwann hat er ein kleines Import-Export-Geschäft eröffnet, von dem Dunkles gemunkelt wird, niemand weiß Genaueres. Ihn jetzt zum Detektiv umzuformen, wäre zu üblich und bereits bekannt. Vielleicht nennt er ein kleines Erbe sein eigen, von dem er leben kann, ohne allzu große Sprünge machen zu können? Und zwischendurch verdient er sich ein paar Extra-Euro als Reiseleiter/Fitness-Trainer/Ski- und Tennislehrer? Ich kann es an dieser Stelle nicht entscheiden, die zündende Quelle seines Einkommens ist mir noch verschlossen. Es sei denn, es ist das vorher erwähnte Fitnessstudio.

Sein Auftreten ist freundlich und gut gelaunt, nur selten wird er richtig böse. Unvermeidlich hinterlässt die traurige Szene des Mordes an seiner Schwester schon einen tiefen Eindruck bei ihm. Deshalb legt er seine ganze Intelligenz und Geschick in die Auflösung, soweit er dabei helfen kann. Eine nette Kommissarin wäre da zum Beispiel passend.

Mit der Wahrheit nimmt er es nur bedingt genau, was dazu führt, dass er eine Weile von offizieller Seite zum Kreis der Verdächtigen gezählt wird. Ein Happy End wäre hier mit der Kommissarin möglich, aber genauso mit der oben erwähnten Klara-Anna Schwesig. Zu trübe fände ich es, wenn er dann unversehens ernsthaft einer „bürgerlichen" Tätigkeit nachginge, immerhin ist dies keine Schmonzette, sondern ein Kriminalroman. Happy End gerne, aber schon mit Blick auf die Schwierigkeiten, die entstehen werden, weil er weder eine geregelte Arbeit aufzunehmen noch den Hausmann zu spielen gedenkt.

I wie Igel

Was hat ein Igel in einem Thriller zu suchen? Nun, er könnte den entscheidenden Hinweis geben. Selbstredend nicht, indem er sich auf die Hinterbeine stellt und einen Vortrag über Mordwaffen hält oder am Hosenbein des Täters schnüffelt, das wäre zu plump. Er könnte durchaus eine Rolle spielen und das sogar, ohne dass ich über Igel recherchieren müsste. Zum Beispiel könnte denjenigen, der den Fall am Ende löst, beim Betrachten einer niedlichen kleinen Igelfamilie der entscheidende Geistesblitz durchfahren. Oder die Igelstacheln lösen ein ähnliches Denkmuster aus. Es wäre auch neu, denn soweit ich weiß, hat bisher kein Igel eine Rolle in einem Kriminalfall gespielt. Wobei ich darauf hinweisen möchte, dass ich weder eine Expertin in Sachen Krimi bin noch überdurchschnitt-lich viele gelesen habe, vor allem nicht in letzter Zeit. Aber ein Titel wie „Der Igel bringt es an den Tag" weckt doch Assoziationen zu einem anderen Titel: der Ballade von Adelbert von Chamisso (im Internet problemlos zu finden). Dort geht es um einen Mord, bei dem der Mörder ziemlich dämlich ist, weil er stän-dig so geheimnisvoll brabbelt „Du bringst es nicht an den Tag", während er in die Sonne guckt, und die zufällig anwesende junge Frau ihn schließlich zum Sprechen bringt. Seine gerechte Strafe findet er auch. Nun macht es wenig Sinn, in der modernen Zeit einen Mörder auf eine Gartenbank zu setzen, der mit fins-terer Miene eine Igelfamilie anfährt: „Ihr bringt es nicht an den Tag", mit derben Stiefeln nach den süßen Kleinen tritt, wobei er beobachtet wird und ihm schließlich jemand das Geheimnis entwindet. Nein, das gefällt mir nicht, das ist zu stark an Chamisso angelehnt.

Eine andere Möglichkeit wäre ein brutaler Mörder, der in einer Waldhütte haust. Er ist ein absolut verschlossener Mensch, der vor keiner Grausamkeit zurückscheut und sich gleichzeitig rührend-widerwillig um verwaiste kleine Igelkinder kümmert. Er könnte mit ihnen reden und dabei sein Geheimnis oder zumindest einen Hinweis herausplappern. In der Optik stelle ich ihn mir vor wie den versoffenen Vater von Anna, der einstigen Freundin des Bergdoktors in der gleichnamigen Fernsehserie. Noch besser wäre, wenn Frau Mustermann, während sie im Garten sitzt, kreischt, als eine Igelfamilie – die Igelfamilie! – vorbeizieht, und ein Buch nach den Tieren wirft. Einfach weil sie üble Laune hat, nicht, weil sie im Grunde einen Igelhass hegt. Der Mörder, wie immer in grimmiger Stimmung, mit der soeben gelesenen Kündigung für seine Waldhütte in der Tasche und voller Zorn, hört und sieht dies und lässt seine Aggressionen in einem Ausbruch unglaublicher Gewalt an Frau Mustermann aus. Einmal Blut gerochen, nimmt seine Wut ihren Lauf und der Rest der Familie muss dran glauben, ebenso die Einrichtung. Wem das zu weit hergeholt scheint: Es gibt so viele Ereignisse im echten Leben, bei denen wir ausrufen „Das hätten wir in einem Film für unglaubwürdig gehalten!" Somit ist auch die geschilderte Szene nachvollziehbar.

Daneben gibt es IGeL – medizinische Leistungen, die man in der Arztpraxis selbst bezahlen muss, ausgeschrieben: individuelle Gesundheitsleistungen. Dies brächte einen Mediziner in den Krimi. Heute sind das meist Forensiker, also Gerichtsmediziner, wie ich das Wort von früher kenne. Diese werden nach der Autopsie kaum IGeL-Leistungen an den Leichnamen vollbringen. Daher muss es ein anderer Arzt oder eine andere Ärztin sein. Ja, bringen wir doch einen Frauenarzt ins Spiel, der regelmäßig überhöht seine IGeL-Leistungen abrechnet. Und nun trifft es sich, dass Frau Mustermann – was wir bisher noch nicht wussten – Arzthelferin in dieser Praxis ist. Sie ist für die Abrechnungen verantwortlich und bekommt Wind von den Ungereimtheiten in Sachen IGeL. Wenn jemand ein paar Euro zu viel abgerechnet, ist das nicht unbedingt der Grund für einen Mord. Hat er sich speziell an seinen Patientinnen, die IGeL-Leistungen in Anspruch genommen haben, vergangen? Oder er ist nicht der Mörder, sondern nur vorübergehend verdächtig, weil beobachtet wurde, dass Frau Mustermann und er heftig über diese IGeL streiten? Sie hat bzw. hatte das Herz auf dem rechten Fleck und fand es schändlich, dass er Frauen fünf Mal im Jahr zu einer Mammographie in die Praxis rief. Das alles nur, damit seine Oldtimer-Sammlung um ein weiteres Exemplar wachsen konnte.

Wenn der Arzt unschuldig ist, könnten die IGeL-Leistungen die entsprechenden Hinweise ergeben. Da ist einmal zu schauen, was denn bei einem Frauenarzt als IGeL-Leistung gezählt wird.

Ultraschalluntersuchung der Eierstöcke, die ohne konkreten Verdacht keinen Sinn macht. Sie führen gelegentlich zu falsch-positiven Ergebnissen und teilweise werden in Folge dieser Untersuchung Eierstöcke bei einer Frau völlig unnötig entfernt. Das ist doch ein Mordmotiv, eine Frau, Ende dreißig, die gerne schwanger werden will, aber ohne Eierstöcke geht das nicht mehr. Es bleibt allerdings dahingestellt, warum sie dann die Arzthelferin Frau Mustermann auf brutalste Weise umbringen sollte. Unrealistisch ist es zu denken, dass der Frauenarzt, von dieser Patientin in den Schwitzkasten genommen und mit dem Messer am Hals, Frau Mustermann als Verantwortliche herausschreit. Würde die Patientin das glauben?

Ultraschalluntersuchung der Brust: Es gibt Fälle, wo diese Untersuchung eine sinnvolle Ergänzung zur Mammografie sein soll. Wenn man denn der Mammografie Vertrauen schenkt. Auch kein Motiv. Oder hat Frau Mustermann als Patientin des Arztes nach einer solchen Untersuchung gedroht, ihm den beruflichen Garaus zu machen? Und der Frauenarzt, von Berufs wegen schon mit kurzer Geduld, brutaler Einstellung und fehlender Sensibilität ausgestattet, fühlt sich und seinen luxuriösen Lebensstil bedroht? Ebenfalls unwahrscheinlich.

ThinPrep-Test (Dünnschichtzytologie): Bei diesem Test werden zur Früherkennung von Gebärmutterhalskrebs Zellen am Gebärmutterhals entnommen und vor der Untersuchung im Mikroskop auf bestimmte Weise gereinigt. Vom Berufsverband der Frauenärzte wird dieser Test nicht empfohlen, da die Ergebnisse nicht besser seien als mit konventionellen Untersuchungen. Ein kriminelles Motiv lässt sich hier nicht verstecken.

HPV-Test: Einige Typen dieser Virengruppe – humane Papillomviren (HPV) – werden beim Geschlechtsverkehr übertragen und können zur Entstehung von Gebärmutterhalskrebs beitragen. Ohne einen krankhaften Krebsabstrich bringt dieser Test nichts. Ein positiver Test könnte, da neunzig Prozent der Infektionen ohne Folgen heilen, eine extrem negative Auswirkung auf die betreffende Frau haben, die sich dann für schwer krank hält. Auch hier wäre das Mordmotiv eher zu finden, wenn der Arzt das Opfer, nicht jedoch auf andere Weise in den Fall verwickelt ist.

Chlamydien-Test, der sich bei Frauen ab fünfundzwanzig Jahren nur lohnt, wenn sie wechselnde Sexualpartner haben. Da die Infektion keine Symptome bewirkt, werden diese Infektionen sonst kaum entdeckt. Kein Mordmotiv.

Test auf sexuell übertragbare Infektionen: Tests auf HIV, Syphilis und Tripper, die ohne Symptome der

Krankheit außerhalb der Schwangerschaft nur sinnvoll sind, wenn ein konkreter Anlass besteht. Gehen wir davon aus, dass Frauenarzt Dr. Köhler (der Name gefällt mir hier) seine Patientinnen, zu denen auch Frau Mustermann zählt, missbraucht und dabei Geschlechtskrankheiten überträgt. Ja auf perverse Weise fördert er nahezu Übertragungsversuche. So hat er auch die kleine Stefanie bei ihrem ersten Besuch angesteckt, was sich in einer IGeL-Untersuchung zeigt. Das könnte über eine Bedrohung durch die engagierte Mutter Mustermann zu dem Mord geführt haben. Die Verwüstungen vor Ort und der Mord an den anderen Familienmitgliedern dienen dann nur der Vertuschung der Tat.

Hormonanalysen wie Menopausen-Test und Hormonstatus: Die Probleme, die ein solcher Test finden kann, müssen nur dann behandelt werden, wenn die Patientin auch Wechseljahrbeschwerden wie beispielsweise Hitzewallungen hat. Hier lässt sich ebenfalls selbst mit der Lupe kein Motiv entdecken.

J wie jäher Bruch

Dramatische Spannung lässt sich erzeugen, indem ein unerwarteter Bruch in einer Geschichte erzeugt wird. Ein Beispiel stellt ein Perspektivenwechsel dar. In allen drei Varianten ist das unkompliziert: Eine der betroffenen Personen wird zum Ich-Erzähler. Der Ich-Erzähler kann sich zum Laien-Detektiv wandeln, er kann – wenn ein weiterer Perspektivwechsel folgt – selbst zum nächsten Mordopfer werden, oder der Ich-Erzähler ist der Mörder.

Drei Optionen passen zu drei parallelen Geschichten, jeder Geschichte wird einer der drei Perspektivwechsel zugeordnet. Ich könnte dabei die Reihenfolge wählen, in der ich die Möglichkeiten im vorigen Absatz aufgezählt habe. Das hieße, dass nach dem blutrünstigen Ende von der kompletten Familie Mustermann ein weiteres Opfer auftauchen muss. Das finde ich verfehlt. Also wird kurzum das weitere Opfer der Beyerschen Verquickung zugeordnet.

Wenn ich in meine Tabelle schaue, kommen für mich nur drei Personen in Frage: Sandra (die zweite Frau von Cedric Beyer), Boris (ihr Geliebter) und die Omi (die zwei der mustermannschen Kinder am Tag der Tat bei sich hat). Ist die Geschichte bisher so aufgebaut, dass Boris der Mörder sein könnte, wäre er als nächstes Mordopfer geeignet. Denn dann sind die Leser ratlos, da sie den vielen Finten auf den Leim gegangen sind und vermuten, dass Boris die Familie umgenietet/abgestochen hat, weil er über seine Geliebte an das Geld will.

Der Schwenk zu Boris setzt an dem Punkt ein, wo er Sandra kennenlernte. Am besten auf einer großen Party: Sie stehen im Licht des Feuerwerks zu Beyers Dienstjubiläum, haben Sektgläser in der Hand und fühlen sich sofort zueinander hingezogen. Boris als

Ich-Erzähler kann den Lesern dabei berichten, wie er dieser Anziehung nicht widerstehen kann, obwohl er möchte. Wir verfolgen ihn durch einen Teil der Geschichte, und ich forme ihn in einem sanftem Übergang zu einem Sympathieträger um (traurige Kindheit ist immer gut). Da ich zwei verschiedene Mörder in einer Erzählung ablehne, muss eine Verbindung zwischen Cedric Beyer und Boris her. Vielleicht hat Cornelius ihm geschäftlich voll vertraut, da er nichts von dem ernsthaften Geplänkel zwischen seiner Frau und Boris wusste. Cedric trug an dem verhängnisvollen Abend nur einen Teil der Juwelen bei sich, die als Mordmotiv (zu dem ich sie in diesem Moment erkoren habe) im Zentrum stehen, den Rest hatte er Boris anvertraut. Dieser lebt nun seit dem Mord an seinem Geschäftsfreund in ständiger Angst, weil er weiß, dass der/die Mörder nicht ruhen werden, bevor sie nicht den Rest der Steine in ihrem Besitz wissen. Wir sehen ihn angstvoll in der Wohnung sitzen, die Rollläden dicht geschlossen, als es klingelt. Er atmet schwer, will nicht öffnen, hofft dann aber, es könnte Sandra sein. Er geht zur Tür, um zu rufen „Sandra, bist du es?", als ein Schuss aus einer großkalibrigen Waffe (was immer das bedeutet, klingt aber gut) ihn durch die Tür trifft und zu Boden stürzen lässt.

Das finde ich vertretbar. Denn die Großmutter als Ich-Erzählerin würde zu viel aus ihrer Jugend erzählen, und wir müssten die ganze traurige Geschichte ihrer Ehe miterleben. Damit würde das Buch auf fünfhundert Seiten anschwellen, nur wegen der geschwätzigen, wenn auch lieben Omi. Sandra könnte als Ich-Erzählerin prickelnde Details aus ihrem vorehelichen Leben als ‚Gesellschafterin' berichten. Sie in eine Stripteasebar zu verschieben, ist mir zu billig. Deshalb ist für mich Boris die beste Wahl.

Die Möglichkeit des Hobbydetektivs ist bereits skizziert. Weiter oben habe ich Cornelius Hellerwiesen in die Richtung gestupst, zusammen mit Klara-Anna. Er hat die nötige breite Lebenserfahrung, die Gewitztheit, denn er findet sich in allen Lebenslagen zurecht, das freundliche Auftreten usw. Da muss ich gar nicht mehr viel formen. Übrig bleibt die Frage: Geht die Perspektive nach dem ersten Wechsel nochmals in eine Erzählung von einem anonymen Beobachter zurück, oder führt Cornelius uns bis zur Auflösung? Als Mensch mit Hang zur Symmetrie würde es mir besser gefallen, dass die Ich-Cornelius-Form in der Mitte steht, umrahmt von zwei Erzählformen. Wir erfahren ein bisschen von ihm selbst, was so in seiner Jugend passiert ist. Das ist wichtig, um zu verstehen, was ihn so anders geformt hat als seine Verwandte, Frau Mustermann, die mit Leichtlebigkeit nicht viel im Sinn hat – oder, je nach Vorleben, nicht *mehr* im Sinn hat? Die Ich-Form bietet sich einmal an, um seinen Hintergrund zu durchleuchten, zum anderen aber auch, um den Wandel zu zeigen: vom scheinbar oberflächlichen Tu-Wenig-Gut zu einem ernsthaft Suchenden, der aufgrund seiner Gewitztheit daraus gleich einen Beruf machen wird. Das bietet zwischen der Spannung ein bisschen Tiefgang. Auch lässt sich hier einbauen, wie ihn Klara-Anna immer mehr in ihren Bann zieht. Sein Herz klopft für uns deutlich wahrnehmbar lauter, wenn er es uns selbst sagt. Vielleicht lässt er sich sogar so weit in seine Seele schauen, dass wir lernen, dass es im Grunde nur ein Hang zur Schüchternheit ist, die ihn – um sie zu verbergen – manchmal so ein wenig großmäulig erscheinen lässt.

„Diese Frau ist umwerfend, ich finde sie jeden Tag netter. Aber sie hat so einen Blick, den ich nicht deuten kann. Findet sie mich lächerlich, weil ich manchmal so viel rede? Denkt sie, ich bin ein Hohlkopf? Wird sie entsetzt an das andere Ende der Bank rücken, wenn ich gleich hier, jetzt, im Park ein wenig näher rücke? Ich kann schon ihren geringschätzenden Blick sehen und die kalte Stimme hören ‚Cornelius, bitte, wir wollen doch die Lösung des Falls nicht mit Privatem vermengen!‘ Schon bei der Vorstellung wird mir leicht ... unbehaglich. Ups, ich muss mich konzentrieren, ich höre ihr gar nicht richtig zu ... Wenn ich jetzt einfach sage, ‚Ja, Anna, da hast du natürlich recht‘, runzelt sie vielleicht die Stirn, weil sie einen Scherz gemacht hat – ihr Humor ist so wunderbar – und ich so blöde reagiere. Hmmm, sie hat so eine Art, das macht mich nervös. Wenn sie lacht und dabei den Kopf so ein wenig zur Seite legt, dann könnte ich platzen. Albern, albern, ich bin zu alt für so eine pubertäre Verliebtheit. Hat sie überhaupt etwas gesagt, kann es sein, dass wir uns die ganze Zeit nur angesehen haben? Oh, Mann, hoffentlich bekomme ich jetzt nicht noch einen Schluckauf ...“

Wird ein Protagonist zum Hobbydetektiv, arbeitet die Polizei als Kontrast ein wenig dümmlich vor sich hin: einseitig, mit Vorurteilen. Sie muss falsche Schlüsse ziehen. Jetzt haben wir Mordopfer, Polizei, zwei Hobbydetektive – aber keinen Verdächtigen. Was ein Hinweis auf den Buchstaben V sein kann.

Für den Perspektivwechsel mit dem Versicherungs-betrug bleibt dann nur der Mörder. Wobei wir noch gar keinen Mord haben, sondern nur diesen Versiche-rungsbetrug. Das ist insoweit günstig – ich will an dieser Stelle den Mörder noch gar nicht verraten! –, weil wir die Perspektive nicht auf den Mörder, son-dern auf den Versicherungsbetrüger richten können. Das ist genial – also nicht von mir, sondern vom Lauf des Krimis her: Es vereint die Täter-Ichform mit der Mordopfer-Ichform, denn ein Mordopfer muss es geben, sonst langweilt sich jeder, wenn er schon „Ver-sicherungsbetrug“ liest. Wir erfahren dann aus der Ich-Sicht, warum Manfred sich zu dieser Tat genötigt sah, denn er ist mit Sicherheit bei diesem Namen kein Gewohnheitsverbrecher. Er hat Schulden, weil er zu großkotzig gelebt, eine teure Scheidung hinter sich oder ein Geschäft in den Sand gesetzt hat. Die Familie nervt ihn nur, er will das viele Geld, um sich woanders eine neue, ‚saubere' Existenz aufzubauen. Während er uns sein Schicksal vor Augen führt, indem er über die Vergangenheit nachdenkt, können gleichzeitig ein paar Verdächtige eingeführt werden. Wenn ich so darüber nachsinne, passt zu einem Manfred, dass er nach Austritt aus dem Beamtendasein (er war Lehrer) einen Laden mit teuren Oldtimern eröffnet hat, der leider nicht den Gewinn abwirft, den Manfred sich erträumt hat. Er hat sich in das Unterfangen gestürzt, ohne einen Business-Plan zu erstellen. Er hat das Häuschen seiner Eltern für den Kredit als Sicherheit hinterlegt und sich außerdem von seiner Frau eine Bürgschaft geben lassen (sie verfügt über ein kleines Erbe). Oh, weh, als das alles den Bach runtergeht, ist ihm klar, dass er sich bei seinen Eltern nicht mehr mit reinem Gewissen wird blicken lassen können und ihn seine Frau vor die Tür setzen wird. Mit der Million unterm Arm lässt sich in Thailand oder Brasilien, so sieht er es, gewiss eine passable Existenz aufbauen. Wir blättern mit ihm durch Reisekataloge, vergleichen Flugpreise, recherchieren, woher man falsche Papiere bekommt, überlegen mit ihm, wie er seinen vermeint-lichen Tod gestalten kann. Wir werden ihn jedoch nicht in der Ichform bis zu seinem wirklichen Tod begleiten, weil das dann doch an die Variante 1 stößt. Andererseits habe ich es nicht geschafft, die Erzählerperspektive dem Mörder selbst in die Hand zu geben. Mich stört das irgendwie doch. Und manchmal nehmen Geschichten ihren eigenen Weg, sorry.

K wie Kalender, Kontaktlinsen und Kakao

Um ehrlich zu sein und das berühmte Pferd von hinten aufzuzäumen: Den Kakao habe ich hier nur aufgenommen, weil er – mit reichlich Ingwer – jahrelang mein Lieblingsgetränk war. Im Grunde bringt er für einen Krimi nicht so richtig etwas. *Der Kakao bringt es an den Tag* wäre trotzdem ein Titel, der Neugier weckt. Ich könnte einfließen lassen, dass sich unsere Computerexpertin Klara-Anna keinen Tag am PC ohne ihren Riesenbecher Kakao vorstellen kann. Auch Frau Mustermann mag ihn, nachmittags gelegentlich mit einem winzigen Schuss Rum darin. Das wäre eine kleine Pointe zu meiner speziellen Freude, nichts aber für das dramatische Geschehen.

Ich arbeite mich weiter von hinten nach vorn: Kontaktlinsen sind gut, weil man damit eine falsche Augenfarbe vortäuschen oder überhaupt eine Augenschwäche vor den Mitmenschen verbergen kann. Dann ist folgende Szene möglich: Der Detektiv befreit den Hauptverdächtigen kurz vor Verhaftung durch die Polizei von allem Verdacht: Der Beschuldigte konnte ohne seine Kontaktlinsen nicht richtig das sehen, was ihn letztendlich zu dem Mord hätte veranlassen können. Und die Kontaktlinsen waren nachweislich eine Stunde vor Tatzeit zerbrochen, weil der Verdächtige unbeholfen durch seine Wohnung tapste. Ich lasse das hier so schwammig stehen, weil ich beim Schreiben gerade feststelle, dass Kontaktlinsen nicht mein Thema sind.

Der Kalender gehört in jeden soliden Krimi. Da finden wir zum Beispiel Termine, denen man sowohl in der Vergangenheit als auch zukünftig nachzugehen hat, die echte Spuren liefern, die sich verfolgen lassen – durch die Leser, einen Kriminalbeamten oder den Hobbydetektiv.

Cedric Beyer ist förmlich prädestiniert dafür, zu Hause auf dem mahagonifarbenen Schreibtisch so eine dicke Kladde liegen zu haben, in der jeder Tag eine Seite einnimmt, die in Stunden aufgeteilt ist. Rund um die Uhr, darauf hat er immer Wert gelegt, nicht so ein Kalendarium, das erst um sieben Uhr beginnt und um einundzwanzig Uhr endet. Der Kalender hat eine Lederschutzhülle, die Herrn Beyer und die jährlich wechselnden Papiereinlagen begleitet und dementsprechend schon edel-abgegriffen ist. Manche Einträge sind in seiner pedantisch-ordentlichen Schrift vorgenommen, bei anderen handelt es sich um unverständliche Abkürzungen wie „J., A., R, 16h, L". Im Laufe des Geschehens werden wir erfahren, dass Herr Beyer nach Antwerpen zu fahren gedachte, wo er einem geheimnisvollen Richard eine Lieferung dieser kostbaren Juwelen übergeben wollte. Es ist nicht bekannt, inwieweit Cedric sich mit seinem Abkürzungsfimmel selbst das Leben schwergemacht hat. Man sah ihn jedoch hin und wieder grübelnd über dem Kalender hocken: Selbst er wusste im September nicht mehr, was eine im März eingetragene Zeichenfolge von „D., S., 4, 735, K" bedeutete. Wir wissen es übrigens auch nicht. Dem findigen Kommissar liefert diese Eintragung aufschlussreiche Hinweise, die ihn zum Mörder führen. Wobei wir zu diesem Zeitpunkt noch nicht wissen, ob das Mordmotiv eher im finanziellen oder emotionalen Umfeld zu finden ist.

Naheliegend wäre es, wenn Beyers erste Ehefrau Kirstin heimlich in diesem Kalender blättert. Als sie die regelmäßig wiederkehrenden Einträge S., Blumen oder S., Geschenk (wichtige Ereignisse und Termine schrieb er gelegentlich mit ganzen Wörtern) entdeckt, beauftragt sie einen Detektiv. Er soll den Hintergrund dieser Notizen erleuchten, wobei er auf Sandra stößt. So kommt es zur Scheidung, zur zweiten Ehe ... alles ändert sich, nur dem ledergebundenen Kalender bleibt Cedric Beyer sein mittellanges Leben treu. Oder in zweiter Ehe mit Sandra findet der Kriminalist Hinweise auf Boris, es dauert allerdings eine Weile, bis ihm das klar wird. B+S,D Müller,M,9.30 versteht nicht jeder direkt als den Auftrag an Detektiv Müller, Boris und Sandra zu beobachten. Der Termin mit dem Detektiv (bei dem es sich, wie kann es anders sein, um so einen schmierigen Nichtsnutz handelt) ist am Montag um 9.30 Uhr.

Frau Mustermann aus Fall 2 ist mit dem Führen eines elektronischen Kalenders an PC und Smartphone bestens vertraut. Daher pflegen sie und ihr Mann ihre privaten Termine in einen Kalender ein, den sie vernetzt haben und gemeinsam führen. Das Tippen geht schnell von der Hand und alles ist deutlich lesbar. Aber, und hier kommt die Bedeutung des Kalenders ins Spiel, was nicht jeder auf Anhieb sieht, sind die gelöschten Einträge. Der Mörder der Familie hat sich in den Kalender gehackt und hat entsprechend alle Notizen gezielt gelöscht, die Hinweise auf seine Identität geben könnten. Da kommt passend Klara-Anna ins Spiel, die ihrem Fasttraummann dabei hilft, die alten Einträge zu rekonstruieren. Davor muss noch das Passwort aufgedeckt werden. Das bringt technische Highlights, bei denen ich wohl auch auf größere Recherchen verzichten kann, ohne dass es allzu dämlich wirkt. Das Entschlüsseln der gelöschten Einträge bringt zwar nicht die endgültige Lösung, durchaus aber einen richtig fetten Hinweis. Sagen wir einmal: Er ergeben sich dann zwei Hauptverdächtige, zwischen denen es zu entscheiden gilt. Wobei in diesem Fall noch nicht wirklich Verdächtige aufgetaucht sind, sonst wird dem Buchstaben V seine naheliegende Assoziation genommen. Wichtig ist, dass die beide Hauptverdächtigen gefährliche Typen sind. Das Leben von Klara-Anna hängt gegen Ende hin an einem dünnen Faden – und sie wird kurz vor ihrem Ableben von Cornelius Hellerwiesen gerettet. Das ist schön klassisch. Im Sinne der Emanzipation hätte ich auch Cornelius in eine Falle tappen lassen können. Klara-Anna rettet ihn nicht durch ihre Computerkenntnisse, sondern durch ihre in der Freizeit erworbenen Fähigkeiten im Kampfsport. So etwas kommt immer gut, vor allem wenn ich an eine Verfilmung denke, was ich ohne Frage die ganze Zeit tue. Vermarktung ist alles!

Klara-Anna hat schon als junges Mädchen den Kampfsport aufgenommen. Seit sie denken kann, hat sie nämlich Angst vor Hunden, sei es ein niedlicher kleiner Dackel oder ein riesiges schweres Rottweiler-Muskelpaket. Nach einem Jahr Psychoanalyse war diese Angst immer noch nicht beseitigt. Deshalb ließen ihre Eltern sie im zarten Alter von zehn Jahren Jiu-Jitsu erlernen. Kickboxen und Aikido kamen später hinzu. Nicht, dass man einen Dackel jetzt unbedingt mit Kickboxen bekämpfen muss, aber Klara-Anna bekam so das wichtige Gefühl der Sicherheit, sobald sie einen Hund sah. Wobei ich, die ich Hunden auch sehr kritisch gegenüberstehe, gerne eine Szene einbauen würde, wo sie einen Rottweiler mit zwei gezielten Tritten zur Strecke bringt. Schon ergibt sich die Kombination: Der Mörder hetzt seinen Rottweiler auf Cornelius, der zwar sportlich, aber nicht kampf-sportlich trainiert ist. Klara-Anna springt aus dem

Dunkel hervor, zwei, drei Tritte – und der wütende Hund liegt flach, nur noch unter größter Anstrengung hechelnd, auf dem Boden. Sein Kiefer ist gebrochen. Dann geht die Jagd nach dem Mörder los, denn gesehen hat ihn niemand, es fand alles im Dunkel der regennassen Nebenstraßen statt. Klara-Anna und Cornelius sind beide sportlich, haben sich gelegentlich schon zum Dauerlauf verabredet, sprinten hinter dem Täter her und bringen ihn zur Strecke. Wer immer auch der Täter sein mag. Wie wir wissen, ist der Cousin Johnny Schwesig verwickelt!

Im dritten Fall des Versicherungsbetrugs mit nachfolgendem Mord gibt es mehrere Kandidaten für einen Kalender. Jobbedingt hat unser Versicherungsdetektiv einen sorgsam geführten Kalender auf dem PC, der mit dem Online-Kalender der Versicherung in der Cloud vernetzt ist. Dieser Kalender bringt für einen Krimi an dieser Stelle keine Vorteile. Die Chefin von Caesar führt zusätzlich einen privaten kleinen Kalender für außerbetriebliche Notizen, denn sie ist eine penible Frau. Sollte sie ein weiteres Mordopfer werden, können wir hier einen zielführenden Hinweis platzieren. An dieser Stelle ist es dann doch Zeit, dass die Chefin einen Namen erhält. Sarah als Vorname gefällt mir. Sie ist Mitte vierzig und trägt einen Doppelnamen: Sarah Kleinschmidt-Caetano. Sie ist mit einem Brasilianer verheiratet, der rund zehn Jahre jünger ist als sie. Er könnte in den Kreis der Verdächtigen geraten, falls sie zum Mordopfer wird. In ihrem Kalender finden sich Hinweise auf Friseurtermine, ein Wellness-Wochenende, kleine Modenschauen, eine Vernissage usw. (Ich liebe das Wort *Vernissage*, daher habe ich es schnell hier eingebaut.) So wie Sarah eben auch eine sehr gepflegte Frau ist. Beim Namen Caetano und im Wissen, dass es sich um einen Brasilianer handelt, der den Vornamen Vesuvo trägt, erwarten wir einen vor Temperament berstenden, schwarzgelockten jungen Mann mit Strahlemannlächeln. Das täuscht. Zwar ist er dunkelhaarig, aber sein Haar ist eher strähnig und für das Alter schon recht weit auf dem Rückzug begriffen. Seine Augen sind es, die Sarah für ihn gewonnen haben: Mandelaugen nennt man das bei Frauen, lange Wimpern, ein nettes Lächeln. Er ist nicht auffallend groß, gerade mal zwei Zentimeter größer als sie (wenn beide barfuß sind) und von Gestalt eher schmächtig. Er hat in Brasilien eine deutsche Schule besucht, weil seine Eltern das für karrierefördernd hielten. Eventuell hat er sogar indianisches Blut in den Adern? Sein Temperament ist eher still-düster, was ihn zum Mörder prädestinieren könnte. Dank seiner flüssigen Deutsch- und Brasilianisch-Kenntnisse arbeitete er erst in einem Import-Export-Geschäft und hat jetzt eine Anstellung bei einer Bank. Wir wissen (noch) nicht, ob er dubiose Geschäfte mit brasilianischen Kleinkriminellen führt. Er hat keinen Kalender und verlässt sich – außer bei der Arbeit – lieber auf sein sprichwörtlich fehlerloses Gedächtnis. Das bedeutet: Es ist nicht nur sehr gut und präzise, sondern er kann auch geschickt, die Vergangenheit ein wenig an der Realität vorbei ausschmücken, wenn er merkt, dass sein Gegenüber nicht mehr alle Fakten parat hat.

Nicht vergessen sei an dieser Stelle Manfred, der lebende Tote. Da seine angebliche Leiche in einem Kolumbarium (ebenfalls mit K) weilt, ist eine Exhumierung nicht möglich. Eine kurze Recherche ergab widersprüchliche Angaben dazu, ob Asche eines Toten DNA-Spuren, und seien sie noch so gering, enthält. Bei den Temperaturen, die dort herrschen, tippe ich eher auf nein. Liege ich falsch und der Krimi geht in diese Richtung, wappne ich mich schon jetzt gegen die erbosten Leserbriefe von DNA-Spezialisten und Wissenschaftlern. Nach Luft ringend und fassungslos, klagen sie mich an, wie ich es ohne entsprechende Kenntnisse wage, so einen Humbug zu verbreiten. Böse Zuschriften sind sowieso unausweichlich. Dann bevorzuge ich solche, die auf Tatsachen beruhen und sich auf Fehler beziehen, für die ich mich tränenreich entschuldigen kann. (Es gab durchaus einmal völlig aus der Luft gegriffene Fetzkritiken, bei denen sich die Autorin ob des hasserfüllten Sermons fragt, ob sie von einer Person stammt, die mehr als zwei Zeilen von dem Werk gelesen hat – wenn überhaupt.) Zurück zu Manfred.

Unter seinem Nachlass befindet sich, wie könnte es anders sein, ein Kalender. Dieser ist sorgsam geführt und dient durch verschiedene Einträge dazu, die Hinterbliebenen auf eine falsche Fährte zu locken, damit keiner auf die Idee kommt, er sei möglicherweise gar nicht verstorben. Wobei mir auffällt: Ich habe seine Todesart bisher nicht festgelegt. (Das verschiebe ich noch, weil ich gleich Mittagessen möchte und mich daher von gegebenenfalls unappetitlichen Themen fernhalte.) Auf jeden Fall spielt der Kalender deshalb so eine große Rolle, weil Caesar und Nadine rätseln, wie ein Toter auf ein Radarfoto gerät. Die Erleuchtung kommt ihnen, als Caesars ältere Schwester Catharina ihren Bruder besucht und mit ihm und Nadine in einer Pizzeria sitzt. Catharina mag weder Pizza noch Pasta, trinkt nur einen Kaffee und beobachtet die beiden Fastturteltäubchen über den Rand ihrer Brille, die über den Kalender sprechen, der auf dem Tisch liegt. Während unsere Turtler dann schließlich doch die Pizza ihrem Bestimmungszweck zuführen, blättert Catharine in dem Kalender – und entdeckt ein Muster der Eintragungen, das wichtige Hinweise ergibt. Ich habe überhaupt keine Ahnung, was das sein könnte, schade. Vielleicht fällt mir dazu später etwas ein. Chiffrierte Notizen machen keinen Sinn, weil Manfred den Kalender mit dem Ziel angelegt hat, seine Angehörigen usw. an der Nase herumzuführen. Es könnte aber zum Beispiel sein, dass gewisse Ereignisse merkwürdigerweise ausgelassen wurden bei den Eintragungen, weil Manfred sie in der Bemühung um Fälschung als für zu unglaubwürdig unterschlagen hat. Sachdienliche Hinweise sind hier sehr willkommen, sonst wird dieser Kalender zur Sackgasse.

L wie Lust, Lavendelduft und Luxusschlitten

Es ist jetzt an der Zeit, dass ein Wort für einen Buchstaben nicht mehr über alle drei Fälle gegossen wird, sondern zur Abwechslung jede Geschichte einen einzelnen Buchstaben erhält.

L wie Lust ordne ich der ersten Geschichte zu. Das bietet sich an, weil es eheliche und uneheliche Verwicklungen gibt. Einen Hinweis auf Sandras dubiose Vergangenheit habe ich bereits gegeben. Jeder weiß: *sex sells*. Und wie soll ich einen Bestseller schreiben, dessen Verfilmung in fünfundzwanzig unmoralische Länder verkauft wird, wenn ich nicht ein wenig Lust mit an Bord nehme? Bord liegt sowieso nur zwei Phoneme bzw. zwei Buchstaben vom Bordell entfernt. Diese beiden sind e und l. L im Doppel ist quasi Doppellust oder das Sinnbild für zwei Brüste. Puh, es wird warm.

So warm wurde es auch Cedric Beyer, als er Sandra zum ersten Mal begegnete. Er war in Rotterdam bei Geschäftsfreunden. Eingeladen waren dazu auch einige Damen von zweifelhaft-eindeutiger Gesinnung. Schon beim Essen konnte er kaum die

Augen von seiner weiblichen Begleitung abwenden, am liebsten hätte er sie gleich am Tisch statt des Desserts vernascht. Er dachte an Kirstin, der er so viele Jahre treu geblieben war, obwohl es durchaus lustvolle Angebote gegeben hatte. Aber zum Moralisieren hatte er keine Lust mehr. Sandra war sich seiner Aufmerksamkeit bewusst und gestattete ihm so manchen tiefen Blick in ihr sich dezent öffnendes Dekolleté, wenn sie sich herab beugte. Sie sorgte dafür, dass ihre langen blonden Haare seinen Arm streiften, als sie sich neben ihn setzte. Sie hatte sich vor zwei Wochen entschieden, solide zu werden. Zwar gehörte sie zu einem Edeletablissement, aber die Männer waren dennoch vom selben Trieb getrieben wie die Besucher einfacherer Häuser. Ihr machte es nichts mehr aus, sie sagte sich – egal, wer drüber rutscht, Hauptsache die Kohle stimmt. Lust und Vergnügen zu heucheln gehört zum Geschäft. Der Verdienst war gut, vor allem im Verhältnis zur Arbeitszeit. In dieser Klasse hatten auch die Zuhälter mehr Format. Sandra brauchte nur einhunderttausend Euro, um sich freizukaufen, hatte ihr Micha gesagt. Ihr fehlte nicht mehr viel von der geforderten Summe, und so hielt sie Ausschau nach dem passenden Mann. Sie war dabei durchaus wählerisch, nur Geld reichte nicht. Er sollte kultiviert, optisch nett bis erträglich, idealerweise zusätzlich ein wenig lustbetont sein. Sie lächelte, sie hatte nicht vor, zur Nonne zu werden. Und sie wollte es schon ein paar Jahre aushalten, und sei es nur aus Dankbarkeit. Sie war ja schließlich fair.

So kam es, wie von ihr geplant und von Cedric zwar nicht lange erwünscht, aber beim Espresso kaum aushaltbar ersehnt. Sandra gab später im Hotelzimmer nicht ihr ganzes Repertoire preis, ein bisschen muss man sich für den Rest des gemeinsamen Lebens aufbewahren. Immerhin war er nicht mehr der Jüngste, da würde er vielleicht bald den einen oder anderen Knaller brauchen, um sein bestes Teil hochzukriegen. Zu ihrer Überraschung war der erste Sex mit Cedric lustbetont, leidenschaftlich und gleichzeitig auf eine gewisse Weise gediegen. So hatte sie doch intuitiv die richtige Wahl getroffen, ging ihr durch den Sinn, während sie neben ihm lag, den Kopf auf seinem nackten Oberkörper. Das war der erste Teil ihres Gesamtplans, im Grunde der simpelste, denn Männer beim Trieb zu packen war relativ einfach.

Der Rest war unkomplizierter, als sie gedacht hatte. Cedric führte mit Kirstin mittlerweile eher eine Ehe auf freundschaftlich-intellektueller Ebene. Dabei war er, der Ansicht war er lange, durchaus auf seine Sex-Kosten gekommen. Nun fühlte er sich zum leidenschaftlichen Liebhaber berufen, so als hätte er just in dieser Phase seine wahre Bestimmung im Leben entdeckt. Kirstin in ihrer überlegten, ruhigen und geraden Art kämpfte nicht lange, wenn überhaupt. Sie zuckte mit den Schultern – Männer in den mittleren

Jahren, bitte schön. Sollte er sehen, was in zehn oder fünfzehn Jahren sein würde, wenn Geld und Samen nicht mehr so reichlich fließen. Sie lächelte fein und blieb Dame bis nach dem Scheidungstermin. Oder nahm sie in einer kalten Nacht kalten Abschied von Cedric?

Hier liegt ein ausbaufähiger Grund für weitere leidenschaftliche Verwicklungen (Boris!) und Geldgier (Sandras eher ärmliche Herkunft), die in einem Mord enden. Wenn man Fernsehkrimis glauben darf, sind die meisten Tötungsdelikte Beziehungstaten. Es könnte erklären, warum Cedric überhaupt ermordet (Lebensversicherung) und ausgeraubt (Diamanten) wurde, nicht aber, wieso er gleichsam doppelt getötet wurde.

Der Lavendelduft lässt sich recht einfach in die mustermannsche Kriminalgeschichte einbauen. Düfte lassen sich immer gut verwenden – erst sind sie kaum wahrnehmbar, dann in dem gegebenen Zusammenhang erstaunlich und am Ende führen sie auf die Spur zum Mörder, sei es direkt oder indirekt. Bei Parfüm wird die Parfümerie zum Knotenpunkt, bei zum Beispiel Lavendelduft der eigene Garten, eine Gärtnerei oder ein Duftöl.

Als der Postbote später drüber nachdachte, erinnerte er sich schwach an einen Lavendelduft. Auch wenn der Anblick der, man kann es nicht anders sagen, abgeschlachteten Frau Mustermann und der damit verbundene Geruch dies erst einmal deutlich überlagerten. Einige Tage später, als sich zwei Polizisten darüber unterhielten, wie seltsam der Lavendelduft im Haus gehangen hatte, erinnerte sich der Postbote wieder. Wie intensiv muss doch ein Duftöl riechen, wenn es den Schlachthofgeruch und die schrecklichen Eindrücke überlagert? Die Kriminalisten zogen die Stirn in Falten, handelt es sich hier um eine Mörderin? Obwohl solche Gräueltaten, die im Blut ertrinken, eher Männersache sind. Cornelius Hellerwiesen und Klara-Anna Schwesig machten sich ebenfalls ihre Gedanken darüber. Sie klapperten in Kleinarbeit Drogerien, Apotheken und Gärtnereien vor Ort ab. Für Cornelius, der kurze Zeit nach dem furchtbaren Mord im Haus war, verband sich für den Rest seines Lebens ein zarter Lavendelduft mit dem Geruch von abgestandenem Blut, Bildern von Blutspritzern auf Betten, Teppichen und Küchentisch. Ihm wurde später stets übel, wenn er auch nur den leisesten Hauch von Lavendel wahrnahm. Was Klara-Anna ein wenig bedauerlich fand, denn sie liebte diesen Duft, weshalb sie kleine Lavendeltäschchen zwischen ihre Wäsche legte. Was anfänglich ihrer und Caesars intimerer Bekanntschaft im Wege stand. Sie schwenkte dann auf Rosenduft um, wobei sie sich schon darüber im Klaren war, dass dieser Duft im Gegensatz zu seinem Vorgänger in ihrer Wäsche keine Motten vertrieb.

Anders als die etwas deppenhaften Kriminalbeamten, die mit der Lösung des mustermannschen Falles heillos überfordert waren, konnten Caesar und Klara-Anna anhand des Lavendeldufts den oder die Mörder finden. Wir wollen an dieser Stelle alles offenlassen. Vielleicht hat sich doch eine Frau wie die Axt im Wald verhalten. Eine irre Psychopathin? Eine vorbeiziehende Truppe wahnsinniger Insassinnen einer Haftanstalt für psychisch debile Persönlichkeiten auf der Flucht? Das würde den Lavendelduft erklären, für den es sonst keinen wirklich logischen Grund gibt.

Die akribische Recherche führt meine beiden Hobbydetektive nicht nur zur Lösung dieses Falls, sondern auch zu der Erkenntnis, dass sie für diesen Beruf perfekt geeignet sind: freundliches persönliches Auftreten, Sportlichkeit, Intuition und Beharrlichkeit. Was immerhin dem psychisch angeschlagenen Postboten wieder den Glauben an Gerechtigkeit in dieser Welt zurückgibt und ihm den Mut verleiht, in die gemeinsame Detektei einzusteigen und dafür seinem festen Beamtenposten adieu zu sagen.

Der Luxusschlitten passt haargenau in Manfreds Geschichte. Das Radarfoto zeigt ihn nämlich in einem solchen teuren Gefährt, das auf ihn zugelassen war und von dem seine ganze Familie keine Ahnung hatte. Da hätte er besser einen Strohmann gewählt! Aber sein Misstrauen war zu groß, dass ihn jemand verraten würde. „Nur was ich selbst mache, ist zuverlässig und gut", war immer schon seine Devise. Devisen hat er übrigens, wie sich später herausstellte, auch für diverse Länder bereits eingetauscht. Falls jemand ihm auf die Spur käme – wobei er das mit dem Radarfoto sicher nicht vorausgesehen hatte –, wäre es besser, alle auch nur denkbaren Nachforschungen zu erschweren. Devisen aus Island, Paraguay, Marokko, Tunesien und Brasilien sowie Euros geben einen guten Querschnitt. Aber halt: Brasilien? Ist nicht die Chefin von Caesar mit einem möglicherweise leicht zwielichtigen Brasilianer zusammen? Ist doch Brasilien ein beliebter Fluchtort für Mafiabosse wie beispielsweise Neapels ehemaligen Mafia-Chef Pasquale Scotti, und das Land verfügt auch selbst über eine solche „kriminelle Vereinigung", das Primeiro Comando da Capital (PCC). Es sei angemerkt, dass ich ganze zwei Minuten Internetsuchmaschinen genutzt habe, um diese Möglichkeit auszuloten.

Eine wichtige Frage ist, ob Manfred den Luxusschlitten vor seinem vermeintlichen Tod oder danach gekauft hat. Danach wäre riskant, es könnten nur wenige Stunden oder Tage nach dem künstlichen „Todeszeitpunktes" sein, sonst wäre seine geheimnisvolle Flucht zu schnell wie ein kleines Kartenhäuschen zusammengefallen. Hatte er den Wagen vor seinem Tod gekauft, musste er sich dafür stark verschuldet haben. Auch muss er seiner Frau das Versicherungsgeld vorenthalten haben, denn sonst wäre sie Mitwisserin, etwas, das er gar nicht mag, speziell nicht bei seiner Frau, die er für eine unerträgliche Schwatzbacke und Tratschtante hält. Dies ist mit ein Grund, Land und Leute zu verlassen! So war sein Plan, der auch erst wie gewünscht verlief. Er wurde für tot erklärt, irgendwelche Asche wurde in einem Kolumbarium exhumierungsfest beerdigt und er brauste putzmunter mit seinem neuen Auto durch die Gegend, bis die Überfahrt – wohin auch immer – auf dem Plan stand. Edle, schwere beige Lederpolster, eine Stereoanlage vom Feinsten, der Wagen surrte wie ein Kätzchen durch die Landschaft. Manfred hatte kein Cabrio ausgewählt, weil er den direkten Kontakt mit Luft und Regen verabscheute. Lange Freude hatte er an diesem teuren Wagen, der sogar ein Zehntel der Versicherungssumme aufgefressen hatte, nicht. Dem vorgespielten folgte der echte Tod.

Wobei mir einfällt: Lösegeld wäre auch möglich gewesen, vermutlich deutlich häufiger in Krimis vertreten als meine Auswahl von Lust, Lavendelduft und Luxusschlitten – nur finde ich Erpressungsgeschichten superätzend, um hier die Umgangssprache zu verwenden. Und das reicht, um hier dem Lösegeld nur zwei Sätze zuzuweisen.

M wie Mordlust

Für mich gehört mindestens ein Mord in einen Krimi, dafür gibt es nur wenige Ausnahmen, die ich dann anregend und spannend genug finde. Was interessiert mich ein Umweltskandal, wenn nicht wenigstens ein Abgeordneter oder Greenpeace-Aktivist ums Leben kommt? Was soll ich mit einer Story aus dem Bankmilieu, wenn nicht ein Bankdirektor erstochen über seinem Schreibtisch zusammengebrochen aufgefunden wird?

Morde habe ich in allen drei Geschichten verankert, diese Notwendigkeit kann ich damit abhaken.

Ich habe hier jedoch die Möglichkeit für etwas Anderes. Autoren von Unterhaltungslektüre predigen auch schon mal gerne und/oder fühlen sich einem Erziehungsauftrag verpflichtet. Sie sehen sich in der Pflicht, ihre Umwelt moralisch zu erziehen, ihren philosophischen Überlegungen einen und sei es noch so kleinen Platz zu geben. Sich zwischendurch mit einem anderen Gedanken zu beschäftigen, der nicht unbedingt an der Story klebt, sondern etwas allgemein Menschliches ist.

Dafür eignet sich die Mordlust hervorragend. Ich werde also kleine elegische Überlegungen dazu anstellen, was dieser Begriff beinhaltet. Da haben wir einmal die praktische Mordlust gewisser Mörder. Wobei sich die Frage stellt, ob ein Raubmord nicht letztlich auf dieses Lustgefühl zurückzuführen ist. Sonst wäre es Totschlag. Oder?

Eine Definition von Mordlust gab *Die Zeit* bereits 1986, sie lässt sich online abrufen[*]: „In einem klassischen Urteil aus dem Jahr 1953 definiert der Bundesgerichtshof das Wort als ‚unnatürliche Freude an der Vernichtung eines Menschenlebens‘". Eine lesenswerte Ergänzung findet sich im Juraforum[**]: „Zu beachten ist, dass ein Mord aus Mordlust nicht gegeben ist, wenn eine Person einer anderen zwar beim Sterben zusieht und nicht helfend eingreift, aktiv aber nichts getan hat, um den Zustand des Sterbens herbeizuführen." Immerhin ist der Begriff so wichtig, dass es sogar eine eigene Webseite dazu gibt[***].

Viel bedeutsamer ist die Mordlust beim Leser, die ich unbedingt für vorhanden halte. Ich, die ich mir kaum eine Operations- oder Geburtsgeschichte bis zum Ende anhören kann, ohne weiche Knie und Übelkeit im Magen zu bekommen, und meist schnell Einhalt gebiete oder fluchtartig die Räumlichkeiten verlasse, lese gerne Kriminalromane. Okay, in die *Gory Details* (grob übersetzt: unappetitliche Einzelheiten) mag ich nicht geführt werden. Von einem Messer im Rücken zu lesen, von einer Kugel, die das Gehirn durchschlagen hat, von einer Betonkugel am Fuß vor Ablassen in den See – all das geht. Bin ich im Grunde meines Herzens eine Möchtegernmörderin, deren

---

[*] http://www.zeit.de/1986/38/was-ist-mordlust
[**] http://www.juraforum.de/lexikon/mordlust
[***] http://www.mordlust.de

Blutrünstigkeit nur durch gesellschaftliche Restriktionen aufgehalten wird? Wo sind die Gaffer bei Unfällen einzuordnen? Was fasziniert den Menschen am Unglück anderer? Warum mögen wir dieses Gruselgefühl? Es ist bekannt, dass viele (alle?) Menschen Gewaltfantasien haben, auch wenn sie alles andere als brutale Schläger oder Psychopathen sind.

Zur Verbreitung von Gewaltfantasien habe ich einmal mehr Wikipedia verwendet:

Insgesamt liegen nur wenige vereinzelte Forschungsbefunde zur Verbreitung von Gewaltfantasien vor. Die Prävalenz von einmaligen aggressiven Fantasien im Lebensverlauf liegt mit 58 % in einer Studie von Nagtegaal (2006) an einer nicht-klinischen Stichprobe recht hoch, wobei 33 % der Teilnehmer von wiederkehrenden Gewaltfantasien berichten. Die Prävalenz von Gewaltfantasien ist darüber hinaus bei Patienten in psychiatrischen Einrichtungen (Grisso et al., 2000) sowie bei Insassen von Strafanstalten erhöht (Meloy et al., 2001). Hierbei wird aber meist nur physische Aggression gemessen. [...]
Besonders Tötungsfantasien haben offenbar eine hohe Prävalenz. Demnach gaben in einer Studie von Kenrick und Sheets (1993) 68 % der befragten Studierenden in den USA an, dass sie schon einmal im Leben die ernsthafte Vorstellung hatten, einen anderen Menschen zu töten. Dabei fiel die Prävalenz bei Männern (73 %) etwas höher aus als bei Frauen (66 %). Crabb (2000) kam in einer vergleichbaren Untersuchung auf eine Prävalenz von 45,5 % der Teilnehmer. Dies macht deutlich, dass Tötungsfantasien einerseits offenbar sehr verbreitet sind und nicht unbedingt eine schärfere Form von Gewaltfantasien darstellen. Insgesamt ist jedoch zu berück-

sichtigen, dass es eine große Streuung in der Intensität und Dauer solcher Gewaltfantasien gibt.[*]

Wikipedia weiß auch unter dem Stichwort „Mord" ein wenig über Mordlust zu sagen:

Das Mordmerkmal der Mordlust wird allgemein dann als verwirklicht angesehen, wenn die Tötung eines Menschen dem Täter als Selbstzweck dient. Dies soll immer dann der Fall sein, wenn es dem Täter allein darum geht, einen Menschen sterben zu sehen, damit anzugeben, sich nervlich zu stimulieren oder die Zeit zu vertreiben oder wenn der Täter die Tötung eines Menschen als sportliches Vergnügen betrachtet. Entscheidend ist, dass der Täter keinen Anlass zur Tötung gerade seines Opfers hatte. [...] Einschränkend wird [für die Definition] gefordert, dass der Täter mit voller Absicht handelt, womit insbesondere Tötungen mit Eventualvorsatz ausgeschlossen werden.[**]

Auf dem weiteren Weg meiner Minirecherche stieß ich auf ein Buch von Gerard Jones mit dem Titel *Kinder brauchen Monster: Vom Umgang mit Gewaltfantasien*, Kurzzusammenfassung auf Amazon:

Viele Eltern erschrecken, wenn sie sehen, welche Faszination Gewaltdarstellungen auf ihre Kinder ausüben. Der Psychologe Gerard Jones zeigt jedoch, weshalb die Auseinandersetzung mit fiktiver Gewalt für die Entwicklung von Kindern so wichtig ist, und gibt wertvolle Hinweise für einen verantwortungsvollen Umgang mit Gewalt in den Medien.

Das muss ich lesen, denke ich – denn wenn schon Kinder fiktive Gewalt quasi brauchen und von entsprechenden Darstellungen fasziniert sind, ist es für Erwachsene gar nicht so fremd oder widernatürlich,

---

[*] https://de.wikipedia.org/wiki/Gewaltfantasie
[**] https://de.wikipedia.org/wiki/Mord_(Deutschland)

sich auf diese Pfade zu begeben. Das Buch habe ich mir bestellt. Der Unterschied liegt eben da, wo es in die Realität geht. So habe ich vor etlichen Jahren einmal gelesen (daher keine Quelle), dass viele Frauen durchaus Vergewaltigungsfantasien mögen. Das heißt aber keineswegs, dass sie wirklich vergewaltigt werden möchten oder (mein Gedankengang) vermutlich auch nicht besser mit so einer Tat umgehen können als die Frauen, die solche Fantasien nicht haben.

Morde aus Mordlust sind selten, wie wir im Hamburger Abendblatt erfahren[*]:

> Das Motiv Mordlust kommt nach Ansicht des Kriminalpsychologen Prof. Rudolf Egg extrem selten vor. "Andere Gründe wie Habgier, Eifersucht, Wut oder Hass sind sehr viel häufiger", sagte der Leiter der Kriminologischen Zentralstelle Wiesbaden. [...] „Man kann unter Mordlust zum Beispiel so etwas wie eine sadistische Neigung verstehen, also eine Freude daran, andere Menschen zu quälen oder gar zu töten."
>
> „Der sadistische Mörder tötet aus Lust, so ungewöhnlich und unvorstellbar das klingt." Zahlen gebe es dazu nicht. „Ich würde meinen, das [sic] es im einstelligen Prozentbereich liegt, vielleicht sogar noch kleiner, aber das sind Vermutungen von mir. (...) Ich selber hatte noch nicht mit einem Mörder zu tun, bei dem man dieses Merkmal angenommen hatte." Zur Mordlust gehöre, dass die Tat spontan verübt werde und es in der Regel keine Beziehung zum Opfer gebe. Auch ein sexueller Lustgewinn könne eine Rolle spielen. „In aller Regel ist Mordlust etwas, dass eine sehr lange Entwicklung in der Persönlichkeitsgeschichte des Betreffenden hat."

---

[*] https://www.abendblatt.de/region/article107890331/Psychologe-Mordlust-ist-als-Tatmotiv-sehr-selten.html

Zurück zu den drei Handlungssträngen: Im Versicherungsfall würde ich Mordlust als Motiv ausschließen. Der Mord an Cedric Beyer könnte durchaus eine solche Lustkomponente haben, was die zwei Tötungsarten erklären würde. Eine motivlose Mordlust liegt im Fall Familie Mustermann so nahe, dass ich jetzt einmal unterstelle, dass die ‚depperte' Polizei nur in diese Richtung recherchiert, während unser cleveres Detektiv-Duo Hellerwiesen-Schwesig sehr bald durchschaut, dass Mordlust nur vorgetäuscht wurde, um das wahre Motiv zu verschleiern.

N wie das Nichts

N zeigt sich einfallslos. Eine schriftstellernde Freundin gab mir Hilfen: Nektarinen, Nürnberger Lebkuchen, Nichtsnutze, Nullen, Neonröhren und Neandertaler. Das hat mich bedauerlicherweise nicht weitergebracht. Ich habe versucht, kurzerhand zwei Begriffe zusammenzufassen. Ich musste mich nur noch zwischen zwei Kombinationen entscheiden: Neanderinen oder Nektathaler. Dann aber besann ich mich eines Besseren, möchte ich mich doch näher an der klassischen Geschichtenschreibung orientieren. Kommen wir jetzt zum realen Buchstaben N.

N ist eben nichts, deshalb kann ich auf M zurückgreifen. Ein ganz raffinierter und unverhoffter Schachzug, wie er zu einem ordentlichen Krimi dazugehört. Bei M habe ich mich zwar an der Mordlust ergötzt, aber das für jede Kriminalgeschichte unabdingbar dazugehörige Motiv außen vorgelassen. Schreite ich nun zu den Motiven, die ich kurzerhand in Notive umbenenne, läuft wieder alles korrekt. Notive ist eine Zusammenziehung der Wörter ‚Nennenswert' und ‚Motiv'. Ich habe dazu das Internet zurate gezogen, das vier häufige Notive nennt. Diese gilt es gerecht auf die drei möglichen Abläufe zu übertragen. Wobei ich die Mordlust weiter oben abgehandelt habe. Das macht Sinn, denn wir wissen, dass sie ein äußerst seltenes Notiv ist. Im Folgenden das Ergebnis meiner Recherchen:

Notiv Nr. 1: Eifersucht

Das ist ein brillanter Beweggrund für einen Mord, weil ihn jeder für sich gut nachvollziehen kann. Er bietet sich im Falle Cedric Beyer aufgrund der Verwicklungen Sandra – Boris – Cedric an. Andererseits wäre es verwunderlich, wenn Boris auf Cedric eifersüchtig ist. So oft kommt das nicht vor, dass Liebhaber extrem eifersüchtig auf die emotional abgeschobenen Ehegatten sind. Es wäre auch derart offensichtlich, dass meine Leser keine Überraschung sehen könnten. Überraschungen, von ihrer Natur her plötzlich auftretend und unerwartet, sind das A und O einer jeden erfolgreichen Geschichte. Eine Erzählung ohne solche Wendungen kann praktisch jeder verfassen. Streichen wir die Eifersucht daher im Falle C. B.

(kurz für Cedric Beyer). Auch Habgier (Notiv Nr. 2) könnten wir aus einem ähnlichen Grund (‚zu offensichtlich‘) streichen, da die Juwelen aus C.B.s Besitz nicht verschwunden sind. Ferner lässt sich auch ein Kombinations-Notiv erstellen, denn an anderer Stelle habe ich gelesen, dass es selten ein Mordnotiv allein gibt. „Eine Statistik über die häufigsten [nennenswerten] Mordmotive könne allerdings kaum angelegt werden. ‚Es handelt sich oftmals um eine Mischung von Gründen, deshalb muss immer der Gesamtzusammenhang beachtet werden‘, so Gallwitz [Psychologie-Experte]“[*]. Der Juwelenraub ist eindeutig keine falsche Spur des Täters, sondern echte Habgier.

Bei Familie Mustermann könnte Eifersucht ein plausibler Grund sein. Zu klären ist nur, wer hier eifersüchtig und auf wen ist. Eifersucht ist eine starke emotionale Triebfeder und könnte daher das Berserkerhafte am Familienmord erklären. Jemand ist eifersüchtig auf ihr hübsches Häuschen oder auf die (scheinbar) glückliche Familie. Oder die Eifersucht hat sich entwickelt, weil es Frau Mustermann über die Jahre gelungen war, eine lückenlose Sammlung einer bestimmten Sorte von Strickheften zu zusammenzutragen ... nein, das ist albern. Und Albernheit ist hier nicht angebracht. Vielleicht hat Frau Mustermann einen Verehrer, der uns bis jetzt noch nicht begegnet

---

[*] http://www.focus.de/wissen/mensch/tid-9066/kriminologie_aid_263042.html

ist. Der aber rast und tobt vor Eifersucht, weil sie ihrem Mann treu verbunden ist. Hier liegen Möglichkeiten. Auch ein Mitschüler der Tochter Stefanie könnte Amok gelaufen sein. Es war dann Zufall, dass er gerade am Hause Mustermann vorbeikam, als der Amokwunsch sich von einem Wunsch zu einer Tat mauserte. Amoklaufen ist ja unter Schülern recht modern geworden. Und die Geschichte verblüfft prickelnder, wenn es vorrangig um Stefanie und nicht einen der Erwachsenen geht.

Besonders geeignet wäre Eifersucht im Falle des Versicherungsbetrugs, denn darauf kommt niemand. Leider ich selbst auch nicht, oder es würde so eine Geschichte, in der x Tatverdächtige zur Debatte stehen und fünf Minuten vor Schluss ein völliger Unbekannter hervorgezaubert wird. Das ist eine Notlösung mit N, die ich überhaupt nicht unterstütze.

Notiv Nr. 2: Habgier

Habgier passt immer. Von Cedric Beyer wissen wir, dass er beraubt wurde. Bei Familie Mustermann ließe sich mit Sicherheit eine Habgier-Komponente einbauen: Mordlust vorrangig, und dann werden die Schubladen mit blutigen Händen nach Wertgegenständen durchsucht. Was sich auch finden lässt, denn Herr Mustermann hat noch gar kein Hobby. Dass er eine überaus kostbare Werkzeugsammlung besitzt, bezweifle ich. Es wäre allerdings doch recht neu im

Krimigenre, dass nach einer Blutorgie die Werkzeugbank abgeschleppt wird. Lieber lassen wir Herrn Mustermann etwas verschroben und altmodisch in vielem sein, weswegen er nach der Bankenkrise im ersten Jahrzehnt dieses Jahrhunderts nicht mehr bereit war, sein Geld in der Bank auf einem Tagesgeld- oder Sparkonto zu horten. Einen Teil ja, auch müssen sie noch das Haus abbezahlen. Er verdient gut in der IT-Branche und hat eine beträchtliche Menge Bargeld in einem kleinen Tresor im Schlafzimmer versteckt. Der Tresor steckt, ganz klassisch, hinter einem impressionistischen Bild. Kein sonderlich teurer Druck, und der Impressionismus hat mit der ganzen Geschichte rein gar nichts zu tun. Der oder die Mörder hat/haben sich nach der Bluttat die Zeit genommen, diesen Tresor zu knacken und zu leeren. Schätzungen belaufen sich auf eine Bargeldsumme im hohen fünfstelligen Bereich. Geld, das Cornelius Hellerwiesen zumindest teilweise erben würde. Daher muss dieses Geld erneut auftauchen, denn es bietet sich als finanzielle Basis für die von C. H. und Klara-Anna zu gründende Detektei an. Eine Mischung aus Blut- und Habgier scheint mir eine recht passable Kombination, die auch ein bisschen Überraschung für die Leser parat hält.

Habgier spielt im Versicherungsbetrug mit Sicherheit eine Rolle, das fängt schon mit dem lebendigen Toten an. Hinter einem Versicherungsbetrug steckt immer Habgier. Es spielt dabei keine Rolle, ob es ein kleiner oder ein großer Betrug ist. Wer eine Kontaktlinse verliert und dann den Onkel bittet, dass er das auf seine Haftpflicht nimmt, betrügt. Wer seinen eigenen Tod vortäuscht und dann das Konto des hinterbliebenen Partners, der die Versicherungssumme erhält, auf trickreiche Weise plündert, ist ebenfalls ein Betrüger.

Notiv Nr. 3: Verletzte Eitelkeit

Ein solches Gefühl ist sicher etwas Übles. Ein verletztes Selbstwertgefühl läuft auf einer anderen Schiene und ich finde es als Notiv nachvollziehbarer. Man stelle sich beispielsweise vor, dass Manfred Kleinhaus seine Frau immer gedemütigt hat und dann noch von ihr verlangt, dass sie seinen Betrug deckt und ihm die Summe übergibt, die er von der Versicherung einheimsen möchte. Da kann ich mir vorstellen, dass sie ihm in Rage mit der Pfanne auf den Hinterkopf schlägt, als er am Automaten steht, um das Geld in bar abzuheben. Aber verletzte Eitelkeit? Wenn Frau Kleinhaus sich gerne im Spiegel bewundert und es bedauert, dass ihre Ehe zu einer asexuellen Freundschaft mutiert ist, könnte sie sich in Schale werfen und unwiderstehlich finden. Dann aber ist Manfred mal wieder müde, oder hat Kopfschmerzen, also einfach keine Lust: Das trifft die eitle Frau im Innern ihrer Seele. Reicht es für einen Mord?

Bei Cedric Beyer finde ich keine Möglichkeit, dieses Notiv einzufügen.

Familie Mustermann könnte für wahr das Opfer einer Verletzte-Eitelkeits-Szenerie werden. Ein junger Schnösel, der Stefanie mit seinem schicken Auto zu beeindrucken versucht, wird von ihr abgewiesen und von der ganzen Familie am Gartenzaun lächerlich gemacht. Daraufhin rast er mit verbissenem Ausdruck im Gesicht nach Hause und denkt sich, dass er noch den Zeitpunkt finden wird, wo er es allen beweisen wird, was er alleine auf die Beine stellen kann.

Sollte ich je zur Mörderin werden, so wird es kaum aus verletzter Eitelkeit heraus geschehen, weil ich es mir so schlecht vorstellen kann, dass dies mich zu einer solchen Tat motiviert. Oder liegt es gerade deshalb nahe?

Notiv Nr. 4: Rache

Gibt es Menschen, für die der Gedanke, dass man sich für etwas rächen möchte, außerhalb ihrer Vorstellungskraft liegt? So viel Weisheit bekommt der Mensch allenfalls mit wachsendem Alter, aber sonst scheint mir Rache als Notiv nachvollziehbar. Und gerade für die Rache bieten sich die schlimmsten Taten förmlich an. Ich hätte erwartet, dass die Rache an erster Stelle der Notive stehen würde.

Bei Cedric Beyers Ableben kann sich die Ehefrau für die Demütigungen nach vielen Jahren Ehe gerächt haben, wobei verletzte Eitelkeit und Eifersucht durchaus denkbare Komponenten sind. Dass sie die Juwelen gerne einsteckt – wer mag es ihr verdenken? Auch Boris könnte sich dafür rächen, dass Cedric ihn vor den Augen seiner angebeteten Sandra zum Gespött gemacht hat. Da er ein zwielichtiger Charakter ist, steckt er die wertvollen Steine gerne ein. Oder eine bisher unbekannte Person, die dennoch recht früh in die Geschichte eingebaut wird (nur weil sie hier noch nicht aufgetaucht ist, heißt das nicht, dass sie erst später erscheint), rächt sich für irgendetwas. Das aufzubauen, birgt keine Schwierigkeiten, weil Rache so vielseitig ist und der Mensch sich für so viele Dinge rächen kann, von Kleinigkeiten (instabiler Charakter) bis hin zu tiefen Beweggründen.

Familie Mustermann könnte ebenfalls das Opfer einer Racheaktion geworden sein. Zum Beispiel hat ihr Mann an der Arbeitsstelle einen Mitarbeiter aus führender Position verdrängt. Das war von Herrn M. gar nicht so geplant, aber der vertriebene Mitarbeiter Hartwig K. hat das immer anders interpretiert. „Es kommt wirklich von der Chefetage", hat Mustermann seinem Kollegen Hartwig mehrmals erläutert, wobei er ihn freundlich an der Schulter gefasst hat. Oder Hartwig wurde bei den Beförderungen übergangen, während Herr M. gleich zwei Stufen übersprungen hat. Hartwig zischte bösartig: „Dieser aufgeblasene Nichtsnutz, weiß nichts, kann nichts, ich habe viel mehr Erfahrung als er, ich habe schon in der IT-Branche Wunder bewirkt, als dieser kleine Hosenscheißer noch in die Hose geschissen hat." Wobei das wohl von Herrn K. leicht übertrieben ist, so groß ist der Altersunterschied nicht. Hartwig K. war auf jeden Fall überzeugt, dass ihm der Posten des Abteilungsleiters IT zusteht und sich Herr Mustermann diese Stelle nur ergaunert hat. Eine Zeitlang hat Hartwig sogar versucht, das Gerücht in Umlauf zu bringen, dass Herr M. ein Verhältnis mit der Chefsekretärin hatte, um sich auf diese Weise den Posten zu verschaffen. Geglaubt hat ihm das niemand.

Im Falle des Versicherungsbetrugs könnte Habgier-Rache eine Rolle spielen. So hatte Manfred einen Mitwisser und Mithelfer, dem er ein Drittel der Summe versprochen hatte. Eines Tages bekam dieser Mithelfer die Info, dass sich Manfred an einem Tag nach Brasilien absetzen würde, der drei Wochen vor dem ihm bekannten Datum lag. Da hat er Rache für etwas genommen, was noch gar nicht stattgefunden hatte und auch nie stattgefunden hätte. Denn bei aller Versicherungsunredlichkeit war Manfred doch immer ein korrekter Mensch. Vielleich war sogar seine Ehefrau die Mitwisserin?

O wie in Oh

In jedem Krimi wollen wir zumindest einmal ein „Oh" äußern, entweder schreckensbleich mit sanftem, kaum hörbarem „Oh ... mein Gott ..." oder als kräftiges „Oh nein!" Das Erste bietet sich für grausige Leichenfunde an. Was soll man da sonst sagen? In solchen Schockmomenten kommen wir selten auf lyrische Aussagen im Sinne von „Was müssen meine Augen hier erblicken?", „Blut träufelt Tautropfen gleich von der Decke", „Wie eine Blume öffnet sich die blutige Wunde auf dem Angesicht des Toten" (wahlweise in seinem Brustkorb), „Die Blutlache unter seinem Kopf kam in Relation zu seiner Körpergröße einer Talsperre gleich". Für Engländer gibt es die Patentlösung, vor allem in amerikanischen Filmen reiht sich ein „Oh My God ..." an das andere. Meist in diesem Fall von Frauen gesprochen, derweil ich mir das deutsche „Oh ... mein Gott ..." durchaus als leisen Schreckensruf eines beherzten Mannes vorstellen kann. Häufig hören wir in den modernen Zeiten statt „Oh ... mein Gott ..." dann „Ach, du Scheiße!" oder ein kurzes „Fuck!" Ja, das klingt im Angesicht von Blutmengen schon etwas heftig, oder? Angebracht wäre es, wenn der Tote in einem Ozean eben desselben läge. Das ist jetzt nicht appetitlich. Aber die beiden Fälle müssen einmal deutlich getrennt werden. Mein Hang zur Präzision in der Sprache wird nicht von jedermann geteilt. Das ist mir klar.

„Oh nein" ist nicht adäquat für den Fund einer Leiche, es sei denn, es wird fast unhörbar gehaucht. Wobei ich mir das gehauchte „Oh nein" eher im Falle eines Toten vorstellen kann, dessen Beine wir von oben frei in der Luft baumeln sehen. Oder wenn ein Beteiligter seine Wohnung betritt und sieht, dass seine Bude völlig auf den Kopf gestellt wurde. Wie wir wissen, passiert das immer wieder: Da kommt XYZ nach Hause, merkt schon an der Eingangstür/Haustür, die einen Spalt offensteht, dass da etwas nicht stimmt. Er/sie schiebt die Tür langsam auf und erbleicht: Alle Schränke sind geöffnet, ihr Inhalt ergießt sich über Teppich, Linoleum oder Parkett. Schubladen sind aufeinandergestellt, als hätte da jemand den kindlichen Wunsch nachgeholt, Bausteine aufeinander zu häufeln. Die in den Schränken verbliebenen Schubladen stehen zumindest halboffen, Wäschestücke hängen heraus. Dokumente sind über die Tische und den Boden wild verstreut. Was ich immer bedaure, ist, dass wir nicht zuschauen können, wie dieses Chaos in Film und Fernsehen hergestellt wird. So einfach kann es gar nicht sein, ein natürliches Durcheinander zu erzeugen. In zu vielen Krimis sieht man ebenfalls deutlich: Das ist keine Unordnung, das ist künstlich. Wobei mir das vor allem bei angeblich unordentlichen Film- und Fernsehküchen auffällt.

Ob Sandra „Oh nein" murmelt, als sie feststellt, dass Boris auch ihr untreu geworden ist und sich mit Juwelen und einem jungen Mädel nach Amsterdam abgesetzt hat, der Postbote „Oh, oh nein ..." stottert und dann fast das Bewusstsein verliert, oder ob Klara-

Anna „Oh mein Gott" ausruft, als sie zum ersten Mal das Foto des angeblich toten Manfreds in der Hand hielt: ein „Oh mein Gott" oder „Oh nein" lässt sich leichter in die Geschichte einbauen oder an ihrer Peripherie anheften als alles andere.

Das „Oh" ist bei der Auswahl des O-Themas eng an der „Ordnung" vorbeigeschliddert, die nur wenige Zentimeter später ins Ziel kam. Jede erfolgreiche Geschichte verfügt an einem Platz über eine übertriebene Ordnung. Diese lässt auf Psychopathen schließen. Die Ordnung kann auch normal erscheinen, in der aber irgendetwas anders ist als sonst und dadurch den findigen Kriminalisten/Hobbydetektiv den Schlüssel für die richtige Spur finden lässt.

Hier bleibt im Vergleich zu den anderen Krimibuchstaben reichlich Platz. Daher darf der zweite Sieger mitteilnehmen. Wobei ich den Ausdruck „zweiter Sieger" verabscheue. Leben wir in einer Zeit, in der es nur noch Sieger geben darf, in der ein „Du bist Zweiter!" keine Freude mehr hervorruft, in der jeder der Beste sein muss und Kindern von ihren Eltern nicht mehr hören „Du bist die Schönste/Klügste/Beste für mich", sondern ihnen eingetrichtert wird, „Du bist die Schönste/Klügste/Beste"? Das führt durch Auslassung der beiden kleinen Wörtchen am Satzende zu einer Objektivierung, die die armen Kinder in dem Glauben groß werden lässt, dass sie es sind. Somit werden sie zu Menschen, die unfähig sind, mit Freude einen zweiten Platz einzunehmen. Da ist die Ordnung doch aus anderem Holz geschnitzt, sie stammt noch aus der Wortgeneration, als auch zweite Plätze rosige Wangen und ein breites Strahlen hervorzauberten.

Sollte jemand vermuten, dass im Büro unseres Versicherungsdetektivs auffallende Ordnung herrscht, so wird er enttäuscht. Auch bei Versicherungen (sowie Banken und Ämtern) arbeiten Menschen, die über einen normal ausgestalteten Ordnungssinn verfügen. Aber halt – als Cornelius und Klara-Anna auf Manfreds Spuren sind und seine Wohnung (im Dunkel der Nacht, mit einem Dietrich die Tür geöffnet, das Polizeisiegel wird aufgebrochen) im Schein einer Taschenlampe untersuchen, fällt ihnen sofort etwas auf: dass nämlich irgendetwas in der Wohnung gegen die peinliche Ordnung verstößt. Keiner der beiden kann auf Anhieb sagen, was es ist, das da stört ... bis sich kurz vor Ende der Geschichte Klara-Anna mit der Hand vor die Stirn schlägt und ausruft „Wie konnte ich das übersehen, Cornelius! Denke mal an die ordentliche CD-Sammlung im Regal an der Wand links neben dem Wohnzimmerschrank. Alle CDs sind nach Künstler oder Komponist zusammengestellt, und dann innerhalb dieser Kategorie nach dem Alphabet. Aber Wagners Tristan und Isolde steht vor dem Ring der Nibelungen!" Die beiden sind sich einig, dass sie jetzt endlich der Lösung hautnah gekommen sind. Auch wenn ich keine Ahnung habe, was es bedeuten könnte.

Im Fall der dahingemeuchelten Familie Mustermann treffen wir genau auf das andere Extrem: Absolutes Chaos wird durch eine kleine erschreckende Ordnung gestört. Auf dem Küchentisch liegen die sieben Küchenmesser von Frau Mustermann, exakt nach Größe geordnet, nebeneinander. Eines ist blutbeschmiert, und zwar das zweite von links, also das Zweitgrößte. Das lässt den Schluss zu, dass hier entweder 1. ein Psychopath am Werk war, 2. jemand versuchte, den Eindruck zu erwecken, es stecke ein Psychopath hinter dem Verbrechen, oder 3. es Zufall war. Letztes halte ich eher für unwahrscheinlich.

Cedric Beyer bevorzugte eine normale Ordnung, daran war nichts Auffälliges. Seine erste Frau Kathrin hat ein großes Faible für eine aufgeräumte Küche, ohne dass dies zwanghaften Ausmaße erreicht. Sie gehört zu diesen beneidenswerten Frauen, die so geschickt hantieren, dass die Küche nach der Zubereitung einer Mahlzeit fast so ordentlich aussieht wie vorher. Worin sie meiner eigenen Mutter ähnelt. Sandra hingegen fehlt als Geliebter und späterer zweiten Ehefrau jeglicher Hang zur Ordnung. So sehr auch Cedric in sie vernarrt ist – ihre Angewohnheit, leere Plastiktüten und Verpackungen dort über Stunden liegen zu lassen, wo Sandra etwas auspackt, bringt Herrn Beyer schon manchmal in Rage. Einen Zusammenhang mit seinem Tod kann ich hier nicht sehen. Boris, der immer noch als Täter in Frage kommt, ist so ein Mischtypus. Betritt man seine kleine Wohnung, hängen gelegentlich T-Shirts und Pullover der Vortage über einem Stuhl, eine Jeans liegt unordentlich gefaltet auf dem Wäschebehälter statt in ihm. Die Dateien auf seinem kleinen Laptop unterliegen jedoch einem peniblen Ordnungssystem. Boris prahlt daher: „In meinem Kopf ist immer alles ganz ordentlich". Sollte er der Täter sein, wäre dies allerdings eine deutliche Übertreibung.

P wie Psychologie oder modern: Profiler

Forensiker und Profiler gehören in jeden modernen Krimi. Deshalb werden sie in diesen drei Geschichten ihren Platz finden. Die Leser werden mittlerweile wissen, dass ich es nicht so mit der Fleischbeschau und ähnlich blutrünstigen Dingen im Detail habe. Eine Vor-Leserin meinte zwar, bei mir käme eine Menge Blut vor, doch das ist etwas Anderes. Einen Krimi ohne Leiche finde ich öde, und völlig blutleere Leichen erinnern mich dann eher an Laiche, und das ist ebenso wenig appetitlich. Also, irgendwann in diesen Krimis kommen diverse Forensiker zu Wort, auch Profiler geben ihren passenden Kommentar ab. Ich möchte nicht komplett am Zahn der Zeit vorbeimahlen. Mal abgesehen davon, dass ich meine literarische Qualität nicht an einer Agatha Christie messen möchte, halte ich eine gewisse Zeitnähe für sinnvoll.

Daher das Blut, das aber eher einen Comic-Platz einnimmt.

Wobei ich dann eine Anekdote aus meinem Leben beisteuere, um das zu verdeutlichen: Als Übersetzer erhielten wir einmal einen Auftrag, ein Buch über Wundheilung aus dem Deutschen ins Englisch zu übersetzen. Es behandelt die verschiedenen Wundarten, und wenn ich in dem Zusammenhang das Wort ‚Pfahl‘ höre, kriege ich schon Schwabbelknie. Der Kollege diktierte munter vor sich hin, alle realistischen Abbildungen hatte ich mit gelben Post-it-Zettelchen abgeklebt. Nun ging's ans Schreiben nach seinem Diktat auf Band, was meine Aufgabe war. Die ersten Minuten waren grässlich, bis ich die Lösung fand: Während ich tippte, ‚übersetzte‘ ich im illustrativen Areal des Gehirns die Bildsprache in einen Comic. Wenn Pluto, der orangefarbene Hund, auf einen Pfahl aufschlägt, der ihn durchstößt, so macht das nicht wirklich etwas: Pluto leckt kurz seine Wunde und ist bald wieder der Alte. Es muss nicht zwangsläufig so ein comicartiges Happy End sein. Alleine die Umsetzung in Zeichentrick mit knorrigen, lustigen Figuren reicht. Soweit zu meiner Psychologie.

Die Psychologie nimmt meiner Ansicht nach in Krimis einen wichtigen Platz ein. Das ist doch immer die alles umfassende Frage: Warum hat XYZ den Dorfpriester ermordet? Was steckt dahinter? Welches Motiv? Möglich ebenso die Fragestellung: Wie ist der

Täter zu dem geworden, was ihn zum Mörder gemacht hat? Eine grausame Tante, Missbrauch durch den besten Freund der Familie, Drogenabhängigkeit aufgrund von Liebessucht, eine Zeit im (Jugend-)Gefängnis und was es da alles so gibt.

Da ich noch nie eine Freundin der Gliederung und Strukturierung im Voraus war, sondern immer schon während meiner Arbeit/meines Schreibens strukturiert habe, könnte es schwierig werden: Mitten im Krimi fällt mir ein raffinierter psychologischer Haken für den späteren Täter ein, der muss dann aber psychisch von irgendwo her erklärt werden. Funktioniert das im Krimi To Go? Das käme auf einen Versuch an. Ich könnte andererseits auf meine Intuition oder mein Unterbewusstsein vertrauen und davon ausgehen, dass es am Ende schon passen wird.

Wichtig ist, dass der Text spätestens ab Mitte des Werks einige verborgene Hinweise auf die Psychologie hinter der Tat gibt. Es spricht nichts dagegen, falsche Fährten zu legen. Verpassen wir der Familie Mustermann eine Hausangestellte namens Elsie, so hat diese einen Freund. Er ist so ein neidzerfressener Tunichtgut, der viele Jahre seines Lebens erst in einer Pflegefamilie, dann im Jugendgefängnis verbracht und schließlich nach einem Bankeinbruch im Gefängnis gesessen hat. Nachdem er Elsie kennenlernte, hat sich sein Wesen deutlich abgemildert. Aber wir beobachten auch, wie er manchmal ausrastet, wenn ihm Unrecht geschieht. Es reicht vermeintliches Unrecht. So hat er einmal fast das Auto eines Freundes zertrümmert, weil dieser Elsie schöne Augen gemacht hat. Elsie konnte ihren Freund Ferdo gerade noch zurückhalten. Was geschah weiter? Die arrogante Frau Mustermann hat Elsie fristlos entlassen, weil diese zum dritten Mal die Glasfiguren nach dem sorgfältigen Reinigen mit einem feuchten Tuch in der falschen Reihenfolge in die Vitrine gestellt hat. Ferdo, der – freiwillig – von Elsie ausgehalten wird, bringt das total in Rage, eine solche überkandidelte Pingelei!

Im Fall Cedric Beyer – und es möge mich bitte niemand fragen, warum ich den ersten Fall an zweiter Stelle bringe, das erfordert eine psychologische Analyse meiner Person eigener Art – wird Kirstins eifersüchtiger Charakter ausgeleuchtet. Als leicht verhätscheltes Einzelkind kann sie nicht teilen. Schon beim Essen achtet sie immer peinlich darauf, dass sie vom besten Stück den größten Teil erhält. Beobachten wir sie, wie ihre Kinder auf den Vater zustürzen, wenn er von der Arbeit heimkommt: Wir sehen, wie sie zwar lächelt, sich aber auch ein Schatten auf ihr Gesicht legt. Am nächsten Tag wird sie ihren Kindern auf subtile Weise vermitteln (wollen), dass der Vater sie nicht so sehr liebt, wie sie selbst es tut. Und dann tritt Sandra in das Eheleben ein, das eh nicht mehr zum Besten ist, aber von beiden Ehepartnern zum Schein aufrechterhalten wird, „für die Kinder!", auch wenn diese schon fast erwachsen sind. Die zehnjährige Naomi würde eine Scheidung mit Sicherheit verkraften, Kirsten hält ihr Küken für empfindsamer, als es wirklich ist. Schon seit Jahren von Eifersucht gequält, kontrolliert Kirsten regelmäßig Cedrics Anzugstaschen und sie hat sich schon häufig auf seinem Tablet und seinem PC eingeloggt. Besonders misstrauisch machte sie, dass Cedric drei Jahre zuvor einen Passwortschutz auf beide Geräte gelegt hatte. Kirstin bezog das direkt auf sich und tobte innerlich. Dabei ging es Cedric nur darum, dass er seine Geschäftsunterlagen und Kontobewegungen nicht ‚veröffentlicht‘ wissen möchte, falls er ein Gerät liegen ließe. Kirstin konnte ihn schlecht fragen, warum er einen Passwortschutz eingeführt hat. Denn dann hätte er gewusst, dass sie regelmäßig seine – damals noch völlig unschuldige – Korrespondenz mitliest. Und so hat Kirstin nichts gesagt, nur den Mund zugekniffen und sich ihren Teil gedacht. Sie ist der Sandra-Sache anders auf der Spur gekommen, vermutet der Leser oder soll es zumindest vermuten. Bei solch eifersüchtiger Charakterveranlagung liegt ein grausamer Mord ja recht nahe, da reicht Erschießen nicht, die persönliche Kränkung muss sich zusätzlich in Dolchstiche ergießen.

Auch im Fall des zweimal verstorbenen Manfreds wird eine Psychoschlinge ausgelegt. Vesuvo Caetano ist per se verdächtig, weil er sich eine ältere Frau geangelt hat. Wie oben aufgeführt, ist das gemeinhin immer noch mit Vorurteilen bedacht, während der umgekehrte Fall zwar belächelt, aber nur bei extremem Altersunterschied als negativ betrachtet wird. Brasilianer, deutsche und ältere Frau – das klingt nach Aufenthaltsgenehmigung durch die Hintertür. Dies an sich ist nicht sehr tiefenpsychologisch, also müssen wir in Caetanos brasilianische Vergangenheit eintauchen, um mehr über ihn zu erfahren. Das bietet sich als optisch-abgehoben an. Jeder Absatz, der von Brasilien handelt, ist in kursiv geschrieben. Das ließe sich zusätzlich mit dem Bruch hin zum Ich-Erzähler kombinieren. Es wäre etwas primitiv, wenn wir Caetano mit einer ärmlichen Familie aus den Slums und neun jüngeren Geschwistern ausstatteten. Dann ist klar: Er will ihnen Gutes zukommen lassen. Dazu dienen seine ganzen Bemühungen, nach Deutschland einzuheiraten. Nein, das ist zu primitiv, da greifen wir etwas tiefer in die Psychokiste: Caetano kommt aus einer angesehenen brasilianischen Familie, deren Wohlstand – nicht Reichtum – sich auf eine große Kaffeeplantage gründet. Der mörderische Preiskampf macht auch vor dem Caetano-Clan nicht halt. Die Familie hat besonders deshalb große Probleme, weil sie sich immer bemüht, ihren Mitarbeiter relativ gesehen angemessene Gehälter zu zahlen. Wobei sie keine Robin-Hood-Natur haben und sich durchaus an der Arbeit anderer gütlich gesundstoßen. Aber im Vergleich zu anderen Plantagen geht es den Arbeitern recht ordentlich. Caetano hat also das große Glück, nach Deutschland geholt zu werden. Dass seine Frau zehn Jahre älter ist als er, führt hier und dort zu Getuschel hinter vorgehaltener Hand. Man lauert förmlich darauf, dass er sich verrät und sein wahres Gesicht zum Leservorschein kommt. Dann erfährt er auch noch, dass durch üble Machenschaften und Versicherungstricks seine Familie von der Plantage verstoßen wurde. Sich endlos an den Caetanos bereichert hat sich ein Deutscher ... und wir ahnen schon, wer das ist. Da bleibt die Psychologie simpel gestrickt, hier steht die Rache im Vordergrund, aber ...

Nein, hier gefällt mir die Psychologie nicht. Womit ich meine: Ich habe nicht den richtigen Dreh gefunden. Und auf einem Spaziergang fiel mir auf: Bei Manfred hat nicht die Psychologie, sondern die Philosophie die Hand im Spiel. Die folgende Idee ist aus einem Fernsehkrimi gestohlen, oder sagen wir eher: an einen Film angelehnt. Manfred als Mathematik- und Philosophielehrer war der Philosophie mehr zugetan als der Mathematik. Sein Bücherregal umfasst viele Werke von Descartes, seine Lieblingslektüre war das Werk von Ernst Cassirer *Gesammelte Werke: Descartes – Lehre, Persönlichkeit, Wirken* in der Ausgabe von 2005. Ernst Cassirers Aufsätze über die Verbindung von Leben und Lehre im Wirken Descartes' entstanden in der Zeit von 1936-1938, als er im schwedischen Exil lebte. Was Manfred faszinierte, war, dass Cassirer sich sein ganzes akademisches Leben lang mit Descartes beschäftigte. Der Band umfasst fünf Aufsätze, die auch Hellerwiesen – ein begeisterter Leser von Descartes – mehrmals studiert hat. Und so ist es dessen Hobby zu verdanken, dass er in Manfreds häuslichem Arbeitszimmer sitzt, dieses Buch entdeckt und sich damit auf den Bürostuhl zurückzieht und darin blättert, während Nadine den Wäscheschrank durchkämmt. Manfreds Frau hat ihnen den Schlüssel überlassen. Auf einmal springt Caesar auf, ruft „Nadine!" und stürmt ins Neben-zimmer, komplett aufgeregt. Denn das Blatt mit den Seiten 143/144 fehlt in dem 228-seitigen Band! Hellerwiesen hat leider eine andere Ausgabe und kann daher nicht direkt bei sich zu Hause herausfinden, was denn Wichtiges auf dieser Seite stand. Nicht nur er und Nadine, sondern auch die Leser erwarten hier zielführende Hinweise auf den möglichen Täter oder ein Motiv. Was sich als falsche Fährte erweist, ha, an der Nase rumgeführt! Aber das erfahren wir erst, als das Vergleichsexemplar nach zwei Wochen von der Fernleihe eintrifft.

Das alles ist die irreführende Psychologie, die nicht zum Täter führt, der ist woanders zu suchen und bietet sein eigenes Psychoprofil.

Ich war beim Verfassen dieses Buchstabens kurz versucht auf den Mord des Dorfpriesters umzuschwenken oder ihn zumindest als viertes Rad am Wagen mitlaufen zu lassen. Das wird dann alles doch noch komplizierter und könnte in Arbeit ausarten. Die Dorfpriesterleiche verwahre ich. Wenn dies ein erfolgreiches Buch wird, kann ich ein zweites Werk aus der Denkschublade ziehen: *Wenn der Dorfpriester zweimal klingelt*. Hmmm, nicht auffallend originell. *Dorf ohne Priester*? Ja, das gefällt mir, fällt aber hier aus dem Rahmen und wird verwahrt.

Q wie Qualen, Quäker und Quasimodo

Qualen und Quälen fallen bei mir unter den Tisch. Das heißt, keine Folter, keine Vergewaltigung. Ich habe in einem zu jungen Alter *Die Strafkolonie* von Franz Kafka gelesen, weil ich eine Leseratte war und mich quer durch den Bücherschrank meiner Eltern gearbeitet habe. Der Goethesche Faust fiel auch in diese Zeit, das Werk hat mich gelangweilt zurückgelassen. An viele Bücher erinnere ich mich gar nicht mehr. Aber die Strafkolonie war furchtbar, ich habe sie wörtlich genommen und nicht als Metapher. Selbst als Metapher könnte es meiner Meinung nach weniger grausam ausfallen. Entweder hat das Buch bei mir den Widerwillen gegen Beschreibungen von Folter und Körperqualen ausgelöst (‚getriggert‘, ha!), oder meine Reaktion war ein erstes deutliches Zeichen: Das ist nix für dich. Der weiter oben erwähnte Film *Clockwork Orange*, den ich so etwa im Alter von zwanzig

Jahren gesehen habe, hat mich ebenso lange Zeit verfolgt. Nicht so sehr das Thema des Films, sondern die Darstellung der Vergewaltigung zu Beginn, die vermutlich allein dem Zweck diente, den Rest der Geschichte plausibel zu machen.

Daher gibt es in meinen zahlreichen Krimis, Thriller und Dramen weder wirkliche Qualen, nur so ein bisschen Bedrohung, noch wird ein Gemetzel beschrieben, das im Detail ausgeführt wird oder gar Hinweise auf lange, quälende Stunden oder Ähnliches gibt. Familie Mustermann wurde zum großen Teil im Schlaf erwischt. Und es ging schnell, wenn auch mit viel Blut. Das muss sein. Ein bisschen Psychokitzel ist ebenso erlaubt. Denn das erhöht die Spannung (was beides zu anderen Buchstaben gehört). Ein Beispiel für Psychokitzel ist eine zarte Frau in Gefahr, die immer rechtzeitig vom tapferen modernen Ritter befreit wird und auch kein echtes Trauma mit in ihr weiteres Leben schleppt.

Quäker als religiöse Gruppe sind gut, denn religiöse Gruppen sind immer geeignet, vor allem wenn sie uns ein wenig fremd und befremdlich erscheinen. Bei den Quäkern habe ich leider einen Griff in die falsche Kiste getan, denn eine kleine, kurze Recherche – wie ich sie mir manchmal gönne – erbrachte keinen Zusammenhang zwischen Quäkern und Fanatismus, wie wir sie von anderen religiösen Gruppen bzw. Sekten kennen. Quäker zeichnen sich durch ihre Friedensliebe aus und bezeichnen sich selbst als Pazifisten. Englische Freunde meiner Eltern waren Quäker. Sie waren liberal im Denken und Tun. Das passt also nicht. Dennoch kann es nicht schaden, wenigstens in einer der drei Geschichten einen Quäker oder eine Quäkergemeinde einzuführen. Erstens kann ich somit über eine kleine Recherche die eine oder andere Seite füllen, ohne mich allzu intensiv zu bemühen. Zweitens kann ich über Unwissenheit der Protagonisten das Thema Quäker und Pazifismus anschneiden und wieder verwerfen, d. h. ich habe zwei Seiten mindestens gewonnen. Außerdem öffne ich das Tor zu England, wo die Quäker am stärksten sind; in den USA haben sie sich aufgespalten. Ausland ist immer gelungen, vor allem wenn Caesar und Nadine auf der Suche nach Manfred gen Großbritannien fliegen, auf die Schnelle jedoch nur ein Doppelzimmer bekommen. Da knistert es doch gleich! Ein paar englische Zitate kann ich auch noch einstreuen, das macht sich multilingual. Ich muss nur aufpassen, dass mein Kollege vorher nicht Korrektur liest. Es ist nämlich eine von mir erstellte statistische Erkenntnis, dass es Autoren niemals schaffen, fremdsprachliche Sätze oder Passagen fehlerlos einzubauen. Sie übersetzen selbst, und so wird es unweigerlich an mindestens einer Stelle grob falsch oder lächerlich. Würde ich nun ein perfektes Englisch präsentieren, wäre doch das Werk sofort als laienhaft enttarnt.

Das gilt nicht nur für deutsche Autoren. Die englische Literatur und auch Filme strotzen nur so davon. Was – dies sei am Rande erwähnt – den Landeskundigen immer zum Lachen bringt, ist die Namenswahl. Ist es so schwer, ein Telefonbuch zu nehmen und einen gängigen Namen auszuwählen? Oder einmal einen Muttersprachler zu fragen, was denn so Namen (Vornamen) sind, die ihm ‚normal' erscheinen. Als ich vor Jahren die TV-Serie *Die Profis* gesehen habe, fand ich die deutschen Vornamen – wenn welche vorkamen – extrem kurios. Welche junge Frau hieß in den siebziger Jahren Gretchen? Mag sein, dass es da und dort einen Johann gibt, aber „Morgen kommen die RAF-Mitglieder Gretchen und Johann nach England, um dort eine Bombe zu zünden" war damals völlig unglaubwürdig. Quatsch und Quark mit Q.

Möge daher Manfred den Quäkern angehören, denn auch Quäker können Verbrecher sein. Und er hat ‚nur' Geld unterschlagen, keinen Menschen umgebracht, was wiederum ihn selbst traf. Nach meinen Erkenntnissen ist es mehr als unwahrscheinlich, dass die Quäkergemeinde Dortmund (falls es sie gibt, auf jeden Fall wohnt Manfred in Dortmund) Manfred umbringt, weil er eine kriminelle Handlung vollzogen hat.

Es bleibt die Möglichkeit, in eine der beiden anderen Geschichten einen weisen, friedliebenden Quäker einzubauen. Warum immer nur Buddhisten und Konfuzianer erhabene Sprüche mit Einsicht in die Welt verbreiten lassen? So können sich Klara-Anna und Cornelius Rat bei einem alten Quäker aus Cornelius' Freundeskreis holen. Fred Schiller, eine ältere, abgeklärte Figur, gibt der ganzen Geschichte schon fast etwas Episches. Er ist mittelgroß und schlank, nahezu mager, sein Gang ist leicht nach vorne hinübergebeugt. Sein weißes Haar ist dünn, aber er ist nicht kahl. Er ist älter als siebzig, vielleicht sogar älter als achtzig Jahre. Gern sitzt er am Waldrand auf einer Bank und betrachtet die kleinen, emsigen Insekten. Seine Frau ist schon vor Jahren gestorben, was für ihn ein schmerzhafter Einschnitt in sein Leben war. Dieses Ereignis hat seinen Glauben gestärkt, statt ihn zu schwächen. Er ist in seinen moralischen Vorstellungen streng, aber nur sich selbst gegenüber. Bei anderen ist er tolerant und offen. Er wandert gerne durch die nahegelegenen Parkanlagen, spricht mit den Menschen, die ihm immer wieder begegnen, füttert die Spatzen und Tauben. Wenn ihn jemand zurechtweist, weil er verbotenerweise die Tauben füttert, lächelt er freundlich und spricht Sätze wie „Lassen Sie das ruhig meine Sorge sein, ich übernehme die Verantwortung" und nicht etwa nervige Sprüche wie „Gott hat uns alle diese Geschöpfe gegeben und so will ich meinen Teil daran tragen, dass sie geschützt werden." Er hat intensive Kontakte mit englischen Quäkergemeinden und hat sich deshalb im Alter von fünfundsiebzig Jahren einen Laptop gekauft, um sich über Skype und E-Mail auszutauschen. Er kennt Cornelius, seit dieser als Junge in einer von Fred trainierten Boxgruppe mitgemacht hat. Selbst kinderlos hat er ihn fast wie seinen Sohn betrachtet. Was Fred in seiner zurückhaltenden Art nur still und freundlich, nicht überschwänglich gezeigt hat. Auch Klara-Anna ist ihm auf Anhieb ans Herz gewachsen und bevor die beiden (Cornelius und die junge Frau) es selbst bemerkt haben, lächelt er gütig und wissend, wenn er die beiden zusammen sieht. Und soeben fällt mir auf: Er trägt karierte Flanellhemden! Deshalb lässt Cornelius auch kein Jahr vergehen, in dem er ihm zum Geburtstag und zu Weihnachten nicht ein qualitativ hochwertiges neues Hemd schenkt. Fred bedankt sich erfreut und legt das in knisterndes Zellophan gepackte Geschenk auf den Stapel unbenutzter Hemden von den Vorjahren. Wenn seine beiden Lieblingshemden, die er abwechselnd trägt, verschlissen sind, greift er sich zwei neue. Ab und an, wenn der Hemdenstapel zu hoch gewachsen ist, gibt er ein paar an ein Sozialkaufhaus. Er ist kein Heiliger, das ist beruhigend zu wissen. Er raucht bis zu drei Päckchen Zigaretten am Tag, was seiner Gesundheit nicht abträglich zu sein scheint. Und man munkelt, dass seine Haushälterin nicht nur das Haus fest in der Hand hält. Er ist ein Sympathieträger und soll es bleiben, auch wenn ich kurzfristig Lust verspürte, ihn zum Mörder werden zu lassen. Sollte ich eine falsche Fährte auf ihn legen und beobachten, wie loyal Cornelius sich dann verhält, wenn der Verdacht sich verdichtet?

Quasimodo möchte ich lieber im übertragenen Sinne verstanden wissen, das heißt, als eine Gestalt am Rand der Gesellschaft. Und die tragische Note, dass Esmeralda im literarischen Original stirbt, vergesse ich gleich. Eine Esmeralda wird als positive Figur gar nicht erst auftreten.

Eine Quasimodo-Gestalt findet einen geeigneten Platz im Cedric-Beyer-Strang. Eingeführt wird der geistig leicht behinderte Parkwärter Elias Schrempel, mit dem Sandra hin und wieder freundlich ein paar Worte wechselt. Elias ist ein wenig füllig, dennoch schlottern ihm Hose und Hemd um die Figur. Seine braunen Haare sind leicht mit Grau durchsetzt, nicht ungewöhnlich für einen vierundfünfzigjährigen Mann. Er bekommt immer die einfachsten Arbeiten zugeteilt, zum Glück machen sich die Kollegen nicht über ihn lustig, wie so etwas manchmal in Gruppen zu beobachten ist. Während er Laub zusammenkehrt oder liebevoll kleine Pflanzen in die Erde setzt, erzählt er den Vorübergehenden gern seine Lebensgeschichte. Dass seine Lebensgefährtin nun nicht mehr bei ihm ist, dass seine Mutti im Pflegeheim weilt und dass er Bananen am liebsten von allem Obst isst. Sandra sitzt gelegentlich auf einer Parkbank und liest (vermutlich billige Liebesromane), und Elias witzelt immer darüber, dass sie schon wieder liest. „Fernsehen ist viel einfacher!", betont er gerne. Oder er begrüßt sie: „Da sind Sie ja wieder, wo ist denn Ihr Buch?" Wie von Geisterhand geführt, gerät er in den Kreis der Verdächtigen, weil er Sandra sehr verehrt. Ein Kriminalkommissar mutmaßt, dass er geistig so verwirrt ist, dass er sich Hoffnungen auf die junge Frau macht und den Ehemann, den er zwei- oder dreimal gesehen hat, beseitigen möchte? Elias ist Verhören hilflos ausgeliefert. Falls Sandra mit in den Mord verwickelt ist, wird sie diese Chance nutzen und versuchen, den Verdacht auf ihn zu verstärken. Er sitzt kurz in Untersuchungshaft, bis sich durch einen Zufall herausstellt, dass er doch ein Alibi hat, weil eine französische Schüleraustauschgruppe ihn just zur Tatzeit in seinem Lieblingsbistro getroffen hat, wo er nach Arbeitsende gerne eine Currywurst verzehrt. Es dauert eine Weile, bis seine Unschuld aufgedeckt wird. Immerhin hat der Kommissar den Anstand, sich bei Elias für den falschen Verdacht zu entschuldigen. Elias witzelt nur darüber („Endlich mal Essen und Unterbringung umsonst!") und plaudert weiter munter mit Sandra, die nun beginnt, den Park zu meiden. Es sollte ihr wirklich peinlich sein!

R wie Raub, Raubmord und Raben

Fange ich einmal mit den Raben an, die äußerst intelligente und faszinierende Vögel sind. Es gibt das

fesselnde Gedicht von Edgar Allan Poe *The Raven,*
und gerne würde ich es im englischen Original oder in
deutscher Fassung einbauen. Da viele Filme und Pop-
Songs dieses Gedicht als Basis genommen haben,
stünde es mir doch auch frei. Da gibt es zum Beispiel
die letzte Strophe, die ich der ersten vorziehen würde,
denn den Anfang kennt quasi jeder.

And the raven, never flitting, still is sitting, still is sitting
On the pallid bust of Pallas just above my chamber door;
And his eyes have all the seeming of a demon's that is drea-
ming,
And the lamp-light o'er him streaming throws his shadow on
the floor;
And my soul from out that shadow that lies floating on the
floor
Shall be lifted - nevermore!

Deutsche Übersetzung in der Fassung von Rombauer:

Und der Rabe rührt sich nimmer, sitzt noch immer, sitzt noch
immer,
Auf der bleichen Pallasbüste, schau'nd vor meiner Thür
hervor,
In dem Aug' des Bösen Tücke, starres Träumen in dem
Blicke.
Von der Lampe Licht umflossen legt der Schatten sich auf's
Thor,
Auch auf meiner Seele liegen Schatten dicht, wie nie zuvor,
 Nie mehr hebend sich empor.

Wie man an der Rechtschreibung erkennt, ist diese
deutsche Fassung schon etwas älter. Das heißt keinesfalls, dass sie schlecht ist. Falls es neuere Fassungen
gibt, so werden sie nicht frei erhältlich sein, da auf

geistiger Arbeit wie Literatur und deren Übersetzungen meines Wissens sieben Jahrzehnte Copyright liegen. Mir fiel sofort auf, dass der Sinn nur grob getroffen ist. In den letzten beiden Zeilen ist es im Original die Seele, die nie wieder emporkommen wird, in der deutschen Fassung sind es die Schatten. Andere Übersetzungen sind korrekter, aber sie gefallen mir sprachlich nicht so recht.

> Meine Seele freudenleer,
> Wird aus diesem dunklen Schatten, der da zittert hin und her,
> Sich erheben – nimmermehr!

(Dr. Ernst Schmidt)

Das gefiel mir auch recht gut, obwohl die schwer liegenden Schatten ein völlig anderes finsteres Bild hervorrufen als hin- und herzitternde Schatten. Aber die Seelenerhebung ist korrekt.

Die düstere und trostlose Stimmung dieses Gedichts passt zu einem Krimi. Gern würde ich es daher zum Lieblingsgedicht eines der Protagonisten machen. Dafür ist es insgesamt ein wenig zu lang und würde dann aussehen, als wollte ich Seiten schinden. Die letzten Zeilen ... ja, die könnten wir zum Beispiel auf einem Stück Papier in der Brieftasche von Cedric Beyer finden. Auch die Mustermann-Tochter in pubertärer Begeisterung für das Düstere könnte ein großes Plakat in ihrem Zimmer hängen haben, auf dem dieses Gedicht steht, die letzten beiden Zeilen mit frischem Blut unterstrichen. Huch, wie gruselig ... Ähnlich lässt sich das bei Manfred gestalten. Oder in der Versicherung, in der Caesar als Detektiv arbeitet, findet ein unterhaltsamer Abend statt, wo Einzelne vortragen, was ihnen gefällt. Viele dumme und plumpe Witze sind zu hören. Manche führen zu zweit einen kleinen heiteren Dialog auf. Caesars Chefin, Sarah Kleinschmidt-Caetano, will erst gar nicht mitmachen, wird aber solange von den anderen gedrängt, bis sie aufsteht und mit klarer Stimme das Poe'sche Gedicht deklamiert. Die letzten Zeilen spricht sie nur leicht über der Flüsterschwelle und schaut zu Boden. Die Zuschauer sind nicht sicher, ob sie feuchte Augen hat oder nicht. Die Stimmung ist betreten, keiner sagt etwas, bis einer der ‚Firmenclowns' aufspringt und zu einer Polonaise aufruft. Dazu lässt er eine furchtbar schmachtend-laute Melodie gesungen von Tony Marshall erklingen, was den Spuk beendet. Caesar Dubczik tippt eine Notiz in sein Smartphone.

Raub und Raubmord gehören zu den niederen Motiven und häufig dienen sie in Krimis nur zur Vertuschung einer Beziehungs- oder anderen Tat. Ob das im wirklichen Leben auch so ist, entzieht sich meiner Beurteilung. Dazu müsste ich Recherchen in diversen Mordkommissariaten anstellen, denn ein Kommissar allein macht noch keinen Wissenssommer. Das klingt nach peinlichen Momenten (ich erhalte keine Genehmigung, werde komisch angeguckt, ausgelacht, verächtlich behandelt, was mir als engagierte Autorin egal sein sollte) und ausgiebige Lauferei. Zwar laufe ich gern, aber nicht so. Ich nehme es daher als Tatsache hin.

Im Fall von Cedric Beyer ist der Raub sowieso nur eine Beigabe, das ist selbst der Polizei bald klar. Ein Juwelenräuber tötet und läuft mit seiner Beute weg, alles andere erhöht die Entdeckungsgefahr. Nun könnte man in feinster forensischer Arbeit feststellen, dass der Schuss nur wenige Sekunden vor dem Dolchstoß erfolgte. So könnte Boris abends spazieren gehen, voller Zorn auf Cedric, weil er findet, dass ihm – dem Geliebten – Sandra zustünde, nicht dem Ehemann. Er sieht das Objekt seiner Gedanken auf der nächtlichen Straße, entschließt sich, ihm zu folgen und ihn grob zur Rede zu stellen. Da ertönt ein Schuss, er sieht, wie sich eine dunkle Gestalt über Cedrics unbewegten Körper beugt, davonhuscht. Dann hört Boris das Geräusch eines sich schnell entfernenden Wagens. Er springt aus seiner dunklen Ecke, aus Cedrics Mund läuft etwas Blut, er bewegt noch seine Hand. Boris, der gerne einen Dolch bei sich trägt, um sich ein wenig großmäulig aufzuführen, wenigstens vor sich selbst, zögert nicht lange und sticht zu. Danach bewegt sich bei Cedric gar nichts mehr.

Theoretisch könnte man die mustermannsche Tragödie ebenfalls mit einem Raubmord in Verbindung bringen: grausige Bluttat als Tarnung des eigentlichen

Verbrechens, des Raubs. Das finde ich bei so vielen Leichen etwas überzogen. Alles andere Gedankliche in diese Richtung klingt nach Folter und langen quälenden Stunden, das lasse ich.

Bei Manfred paaren sich Diebstahl und Raubmord. Raub und Raubmord hätte besser geklungen, aber Manfred begeht einen Diebstahl, indem er die Versicherung betrügt, das ist kein Raub. Zum Unterschied zwischen Raub und Diebstahl scheint zu gehören, dass ein Raub immer mit Gewalt verbandelt ist.

Der Raub ist ein Tatbestand des deutschen Strafrechts. Er ist im 20. Abschnitt des Besonderen Teils des Strafgesetzbuchs (StGB) in § 249 normiert. Der Tatbestand kombiniert die Tathandlungen von Diebstahl (§ 242 StGB) und Nötigung (§ 240 StGB) und versieht sie mit einer gegenüber beiden Delikten erhöhten Strafandrohung. Tatbestandsmäßige Handlung ist demnach die Wegnahme einer fremden beweglichen Sache mittels Gewalt gegen eine Person oder unter Androhung einer gegenwärtigen Gefahr für Leib und Leben.

Der in § 250 StGB geregelte schwere Raub versieht als Qualifikation des Raubs bestimmte Begehungsweisen dieses Delikts mit verschärfter Strafandrohung. § 251 StGB erfasst als Erfolgsqualifikation den Fall, dass ein Raub zum Tod eines anderen Menschen führt. *

Bei Cedric Beyer ist die Sachlage eindeutig, das war kein Diebstahl. Anders wäre es, wenn der Mörder unerkannt davongelaufen wäre, nachdem er seine Emotionen mit Schüssen und Dolchstichen an Cedric ausgelassen hat. Später kommt ein Unbekannter oder

---

*   Wikipedia

Boris vorbei, sieht die Leiche, weiß von den Edelsteinen und nimmt sie mit. Dann ist diese Person ein Juwelendieb, kein Juwelenräuber.

Eine weitere, meiner Ansicht nach klare und deutlich kürzere Differenzierung finden wir an anderer Stelle[*]:

> Der Raub als Straftatbestand ist zusammengesetzt aus dem Diebstahl (§ 242 StGB) und der Nötigung (§ 240 StGB).

> Der Täter nimmt fremde Sachen weg, indem er einen anderen dazu nötigt, die Wegnahme zu dulden – dies entweder durch Drohung mit einem empfindlichen Übel oder durch Anwendung von Gewalt.

Wäre Familie Mustermann ein Muster des Sparens und Geldanhäufelns gewesen, so hätte sich in der Tat ein grausamer Raub zusammenzimmern lassen. Ich deute nur an – erst Beseitigung der Kinder, dann Erpressung von Herrn Mustermann, der im Angesicht des drohenden Todes seiner geliebten Frau alle finanziellen Versteckorte preisgibt (da wusste er noch nicht, dass seine Kinder bereits tot sind). Kaum haben die Räuber das Geld und andere Schätze gefunden, geraten sie in eine Art Blutrausch. Drogenabhängige? Profiräuber knallen schnell ab. Nur so angedacht, aber ich finde die Vorstellung zu bedrückend, als dass ich so eine Geschichte verfolgen würde.

---

[*] http://www.123recht.net/Abgrenzung-von-Raub-und-Diebstahl

S wie Spuren im Sand

Spuren sind das A und O eines jeden Krimis. In der realen Polizeiarbeit sind sie ebenfalls immens wichtig. Das behaupte ich jetzt einmal, ohne je mit einem Polizeibeamten über dieses Thema gesprochen zu haben. Leider habe ich im Bekannten- und Freundeskreis keine Polizisten. Zwar gibt es zwei Polizisten in der Nachbarschaft, einer soll sogar Leiter der hiesigen Mordkommission sein, aber da traue ich mich echt nicht, das Gespräch auf diese Themen zu bringen, solange ich nicht eine berühmte Autorin bin. Es könnte somit sein, dass eine solche Unterhaltung nie zustande kommt.

Schon die Indianer im Wilden Westen waren ausgezeichnete Spurenleser, wie mir als erster Karl May überzeugend vermittelte. Förster lesen im Wald Spuren besser als unsereins (es sei denn, ein Förster zählt zu meiner Leserschaft). Spuren im Sand haben den Nachteil, dass sie vom Wind leicht verweht werden, der Regen weicht sie auf, im Gras werden sie zertreten. Sie sind häufig nur zeitweilig verfügbar. Wir alle kennen den Satz aus den Krimis (wenn wir überhaupt dieses Genre lesen oder ansehen): „Es hat geregnet, sämtliche Spuren sind verwischt!". Genauso weiß ich aus alten Indianergeschichten, dass ich meine Spuren so lenken muss, dass Hunde bei der Verfolgung meine Fährte verlieren, indem ich durch den nächstgelegenen Fluss wate. Am gegenüberliegenden

Ufer kann kein Hund die Spur aufnehmen, es sei denn, ich bin so töricht und lasse Kleiderfetzen an scharfen Ästen zurück oder bin verletzt und das Blut tröpfelt aus mir heraus. Wobei ich solches Leiden lieber meinen Krimifiguren überlasse. Womit wir beim eigentlichen Thema sind. Als Letztes sei erwähnt, dass heute DNA-Spuren alles erhellen, womit viele Täter noch immer nicht rechnen.

Im Fall Cedric Beyer hatte ich die Spurenverfolgung erschwert, denn er lag in einer Pfütze, es hatte heftig geregnet. Dennoch gibt es Spuren: die fehlenden Juwelen, ein Zettel in der Brieftasche, der Dolch, die Schusswunde und somit das Projektil usw. Gerade ein Dolch ist eine aussagekräftige Spur, denn diese sind im deutschen Normalhaushalt nichts, was in jedem Küchenregal oder auf jedem Bürotisch liegt. Ein Brieföffner oder ein Tranchiermesser wären da naheliegendere Mordinstrumente. Der Dolch ruft eine gewisse Spannung bei den Aufklärern und den Lesern hervor (hoffe ich). Ist es ein Dolch aus Malaysia? Irgendwie sind Dolche bei mir unweigerlich mit Malaysia verknüpft. Das muss aus einer alten Lektüre stammen, die ich mir nicht mehr ins Gedächtnis rufen kann. Das ist eine Chance, dem Ganzen ein exotisches Flair zu verleihen. Ein kurzer Blick in die verbreitetste Suchmaschine der Welt: Die malaysische Mafia ist in Drogengeschäfte verwickelt, auch die Spuren (!) der Wettmafia führen nach Malaysia. Beide können Juwelen sicher passend in ihre ‚Geschäfte' miteinbeziehen. Ich denke, keine Mafia würde bei Juwelen laut „Nein!" schreien. Ist denn Cedric Beyer in Drogengeschäfte verwickelt? Ist er ein Opfer auch dieser Mafia? Oder hat einer der anderen Personen Kontakte zur malaysischen Mafia? Beleuchte ich Boris' Familie, so taucht dort eine Schwägerin auf, ihr Name ist Nurul - das ist zweifelsfrei malaysisch. Frank, der Bruder von Boris, ist vor einigen Jahren gestorben (eines eindeutig natürlichen Todes, oder)?

Zum Dolch noch ein Verweis auf Wikipedia:

Im Gegensatz zum Messer, das primär zum Schneiden ausgelegt ist, ist der Dolch als Stichwaffe konzipiert. ... Da ein Dolch […] verdeckt getragen werden kann, galt er zeitweise als wenig ritterliche (Mord-)Waffe, wie es z. B. in der Wortschöpfung von der Dolchstoßlegende zum Ausdruck kommt.

‚Verdeckt getragen' erweckt Assoziationen von Dunkelheit; Umhängen und Heimlichkeit und passt somit. Vielleicht hat Boris den Dolch auch unbemerkt mitgehen lassen, als er Nurul besuchte. Boris hat die zarte, hübsche Frau immer bewundert. Nach Franks Tod ließ er eine gewisse Anstandszeit vergehen, bevor er intensiv um sie warb. Nun, seinem etwas groberen Naturell entsprechend hat er sie eher ‚angebaggert'. Sie ist nie darauf eingegangen. Dann hat er Sandra kennengelernt. Nurul besucht er hin und wieder, ganz ohne Hintergedanken, um zu schauen, wie es ihr geht. Nuruls Ehe blieb kinderlos und sie arbeitet in einem Kindergarten. Den Dolch hat Boris heimlich eingesteckt, als er sie vor drei Wochen zum letzten Mal besuchte (drei Wochen vor dem Mord). Dadurch macht er sich zum Hauptverdächtigen.

Im Falle der ermordeten Familie Mustermann gibt es wunderbar-gruselige Spuren: Schuhabdrücke aus Blut und DNA an verschiedenen Gegenständen, die sich keinem Familienmitglied zuordnen lässt. Es steht noch nicht fest, wie die Familie ermordet wurde. Da es so voller Blut ist, sind Schusswaffen unwahrscheinlich. Andererseits musste der Täter/die Täterin schnell vorgehen, damit die anderen Familienmitglieder oder die Nachbarn nicht alarmiert wurden. Da dem Postboten das Blut in den Adern gefriert, als er beim Betreten des Grundstücks um die Ecke geht, muss es schon ein scheußlicher Anblick gewesen sein. Schrotflinte? Ich meine mich zu erinnern, dass sie ziemlich fetzt, wobei sie gleichzeitig recht laut ist. Gehen wir einmal von einem wahnsinnigen Täter aus oder von einem, der vorgibt, wie ein Wahnsinniger zu handeln. Dann hat er die beiden Kinder – falls sie doch zu Hause waren – mit Schalldämpfer auf der Pistole, zusätzlich durch ein mit Betäubungsmittel getränktes Kissen, erschossen. Herrn Mustermann hat er in der Badewanne angeschossen und dann nochmals gezielt – da haben wir große Mengen Blut im Wasser. Und Frau Mustermann ... das werde ich nicht ausführen. Die Arme war die Letzte und Opfer eines Blutrauschs. Aus Rücksicht auf die Nerven meiner meisten Leser wird sich herausstellen, dass sie schnell starb und der Täter dann – eben wie im Rausch – wiederholt erneut auf sie einstach.

Puh, das ist alles hart. Die Tatwaffe findet die Polizei achtlos weggeworfen im Treppenhaus. Am Geländer im Haus sieht man eine defekte Stelle (der Handwerker war schon für die Reparatur bestellt), an der ein Holzsplitter hervorsteht, der unbemerkt ein oder zwei Fädchen aus der Kleidung des Täters herausgetrennt hat. Diese elegante Spur führt uns direkt zu einem schwarzroten Flanellhemd. Es ist unklar, ob dieses Flanellhemd wirklich eine brauchbare Spur ergibt, denn solche Hemden gab es in jenem Winter (vor dem Herbst, in dem sich die Tat ereignete) in diversen Kaufhausketten im Sonderangebot. Es eröffnet mir die Möglichkeit, Spezialisten zu beschreiben, die übers Mikroskop gebeugt die Fäden untersuchen.

Manfred legt für seinen Versicherungsbetrug viele falsche Fähren, er will der Umwelt vorgaukeln, er sei gestorben. Er hat ein halbes Jahr auf den Tag X hingearbeitet, und für Caesar und Nadine ist es in der Tat ein Stück meisterlicher detaillierter Detektivarbeit, die echten von den falschen Spuren zu trennen. Sie lösen das so hervorragend, dass es am Ende niemanden wundert, dass sie für immer zusammenbleiben möchten. Als richtig fette Spur dient offenbar das Radarfoto. Caesar arbeitet als Versicherungsdetektiv häufig mit der Polizei zusammen. So erhält er die Möglichkeit, mehr über das Auto zu erfahren, das man auf dem Bild nur schwer erkennt, auch wenn das Nummernschild hell erleuchtet ist. Wen wundert es weiter, dass dieses Kfz-Kennzeichen zweimal existiert? Diese Hinweise gilt es sorgsam auszuleuchten.

Dann sind da noch die Spuren des Mords an Manfred. Am besten wird er irgendwann in einem Auto aus einem einsamen See in der näheren Umgebung von Nürnberg gezogen. Bevor ich mich auf diese Großstadt festlege, ist zu überprüfen, ob es dort überhaupt Seen gibt, die tief genug sind, um ein Auto länger zu verschlucken. Sonst ändere ich eben die Stadt. Die Gerichtsmediziner stellen fest, dass Manfred vor dem Sturz ins Wasser bereits tot war. Das gibt es in Krimiserien fast bei jedem Tod im Wasser. Ein Schlag auf den Hinterkopf setzte seinem Leben ein Ende. Das Auto war mit betongefüllten Fässern beschwert, das ergibt zahlreiche brauchbare Spuren. Gefunden wurde es nur, weil der See saniert, trockengeleert und dann wieder gefüllt werden sollte, was dem Täter bzw. der Tätergruppe, so ist zu schließen, nicht bekannt war. Im Auto finden sich einige Spuren, wie ein benutzter Lippenstift im Handschuhfach. Ein Prepaid-Handy liegt ebenfalls dort. Es muss nun untersucht werden, ob darauf noch lesbare Daten zu finden sind. Lag der Wagen doch mehr als zwei Monate tief im Wasser! Unterwasserpflanzen und Algen hatten bereits begonnen, das Metallteil zu erkunden und zu besetzen. (Hier ist zu prüfen, wie lange es dauert, bis sich Algen an einem Wagen festsetzen).

Da Personalausweise heute fast wasserfest konzipiert sind, lässt sich auf den mitgeführten Papieren, die ihm nicht abgenommen wurden, noch der falsche Name entziffern, dessen Spur zu einem Flug nach Brasilien führt. Manfred gefiel der Name Johannes Schmitz, er fand ihn unauffällig und normal. Anhand des falschen Namens lassen sich auch diverse Konten entdecken, auf die er nicht nur das Geld aus seiner Lebensversicherung eingezahlt hatte. Offenbar, so stellt sich heraus, hat er auch größere Summen aus einer Erbschaft unterschlagen, die er hätte aufteilen sollen. Ein Mann, den alle Nachbarn als Vorbild für jedermann betrachteten, hat sogar über mehrere Jahre an seinem Befreiungsschlag – wie er es selbst sah – gearbeitet.

T wie Tod, Totenschein und Testament

Wie erwähnt: Der Tod gehört für mich zum guten Krimi. Ausnahmen kenne ich nur wenige, da sind z. B. die wunderbaren Geschichten, die in Botswana spielen. Mma Ramotswe, eine erdachte Figur von Alexander McCall Smith, hat mich einige Bände lang fasziniert. Es gibt zwar hier und da Morde und daher Tote, aber der Autor erzählt auch Geschichten, die sich um ‚banale‘ Verbrechen drehen, und sich für mich trotzdem herrlich lesen. Das ist die Ausnahme zur Regel. Wollte ich einen Kriminalroman ohne Mord verfassen, würde ich vermutlich automatisch McCall Smith kopieren, was ausnehmend unanständig und platt wäre.

ChatGPT (die künstliche Intelligenz) sagt dazu (28. Juli 2023):

Es ist verständlich, dass der Tod und spannende Elemente oft in Krimis und Thrillern vorkommen, da sie diese Geschichten oft fesselnder machen. Der Konflikt und die Gefahr, die mit einem Verbrechen und einem Mord einhergehen, sind oft zentrale Aspekte der Handlung und sorgen für Spannung, Rätsel und emotionales Engagement der Leser oder Zuschauer.

Krimis bieten eine Möglichkeit, die menschliche Natur und die Psychologie von Tätern und Ermittlern zu erkunden. Sie können auch eine Reflexion gesellschaftlicher Probleme und moralischer Dilemmata sein. Die Jagd nach der Wahrheit, die Lösung von Rätseln und die Suche nach Gerechtigkeit sind einige der Hauptmerkmale dieses Genres.

Allerdings ist es wichtig, dass solche Geschichten in einem fiktiven Rahmen stattfinden und nicht die wirkliche Gewalt oder den Tod verherrlichen. Gewalt und Mord sind reale und tragische Ereignisse, die in der Realität unermessliches Leid verursachen können. In Krimis und anderen Medien sollte eine kritische Balance gefunden werden, um den Unterhaltungswert zu wahren, ohne Gewalt als Selbstzweck oder unangemessen explizit darzustellen.

Es gibt natürlich auch Ausnahmen von Krimis ohne Mord oder ohne einen Fokus auf extreme Gewalt. Einige Autoren wählen subtilere, psychologische oder intellektuelle Ansätze, um ihre Geschichten zu erzählen. Diese können ebenso fesselnd und interessant sein und bieten eine breite Vielfalt an Krimis, die unterschiedliche Geschmäcker ansprechen.

Wie viele Tote und Tode mute ich meinen Lesern zu?

Im Fall Cedric Beyer haben wir mit dem Namen schon die Leiche. Sind weitere Morde sinnvoll? Ich sehe das durchaus so. Vor allem wenn wir an die Mafia denken. Sie begnügt sich nicht mit einem Mord, wenn große Summen im Spiel sind. Bisher haben wir nicht genügend Mitspieler, um mehr als einen Mord zu ermöglichen. Auf jeden Fall wäre mir ein Sympathieträger welchen Geschlechts auch immer angenehm, der gerade entkommt oder kurz vor Auflösung des Krimirätsels knapp gerettet wird. Eine solche Person ist schnell gefunden: Elaine, die älteste Tochter der Familie Beyer. Sie hatte eine enge Bindung mit ihrem Vater und kennt daher die Nummer seines Safes oder hat einige Dokumente zur Verwahrung von ihm erhalten, von deren Brisanz sie gar keine rechte Vorstellung hat. Sie gerät ins Visier des Mörders bzw. der Mörderin und kann in letzter Minute von Jan Frederick, einem cleveren und gutaussehenden Polizisten, gerettet werden. Nach der Rettung hält er sie im Arm und ihre Blicke verschmelzen ineinander ... Stopp! Das ist Schmonzette, nicht Krimi! Andererseits tut ein bisschen Schmonzette jedem Krimi gut.

In den Fortgang der Geschichte lassen sich sicher weitere Mordopfer einbauen. So leid es mir tut, Nurul steht auf der Liste oben an exponierter Stelle, und sei es nur, weil Boris sie häufig kontaktiert. Dann gibt es Figuren, die erst noch eingeführt werden müssten. Ihr

Tod ist nicht beschlossen, aber möglich: ein Juwelenhändler in Amsterdam, ein leitender Polizeibeamter, eine ältere Dame, die zufällig den Mord beobachtet hat – wie sich erst ab Seite 132 herausstellt – und Mark Koschnitzki, ein Sicherheitsbeamter, dessen Rolle auch noch festzulegen ist. Seinen ersten Auftritt hat er schon auf einer der ersten zwanzig Seiten, ganz nebensächlich, er rückt später immer weiter in die Mitte des Geschehens, bis er auf Seite 114 zur zweiten Leiche wird. Wie passt er in die Geschichte? Eine Mafia lässt jeden Tod möglich werden. Sollte Boris doch der Täter sein, könnte Mark sein Freund sein, der erst nichts ahnt, ihm dann allmählich auf die Schliche kommt. Oder er ist ein Mitwisser, der zu viel weiß – egal von wem. Vom Täter am besten.

Das sind schon vier weitere Morde, was den Bedarf an Toten deckt, wenn wir von einem durchschnittlichen Umfang von 200 bis 250 Seiten ausgehen.

Im Falle der Familie Mustermann ist so viel Blut geflossen, dort ist kein weiterer Mord sinnvoll. Sonst hätten wir es mit einem Serien-Amok-Täter zu tun: Das ist langweilig oder zu aufreibend. Allerdings wäre das dann eine geeignete Grundlage für ein Computerspiel. Als Autor sollte man die Vermarktung immer im Hinterkopf haben. Während sich Cedric Beyer und Manfred Kleinhaus meiner Meinung nach für einen Film eignen, ist mir das bei Mustermanns nicht so recht. Wer die Computerspiele Duke Nukem oder Doom noch kennt, versteht mein Argument auf Anhieb. Die Ich-Person mit dem Maschinengewehr in der Hand entdeckt Frau Mustermann und ballert sofort los, weil offensichtlich hinter den Fenstern und Türen des Hauses zahllose Mörder stecken. Passenderweise sind dies alles Figuren mit schlechten Zähnen, deformierten Schädeln und nur einem Wunsch: Umbringen! Die Ich-Person ballert um sich, gewinnt dabei Lebens- und Stärkepunkte. Bei jeder Leiche finden sich außerdem zwei bis drei Items, die die dussligen Mörder zurückgelassen haben und vom Ich-Spieler aufgesammelt und sinnvoll verwertet werden können. Ich denke, dass dies eindeutig nur ein Baller-spiel (Shooter) werden kann, Strategiespiele sind anders. Darum mag ich letztere auch nicht, immer getreu dem Motto: Wenn ich mein Gehirn anstrenge, will ich Geld sehen.

Im Hause Mustermann gibt es jede Menge Ecken, Winkel und geheime Gänge, die zu einem Kellerraum führen. Dort ist ein Schatz verborgen. In jedem Raum sind ebenfalls Objekte versteckt, außerdem einige Gruselgestalten, die es niederzumetzeln gilt. Jeder Raum entspricht einem Level. Das letzte Level ist das Auffinden des Kellers. In ihm liegt der Schatz, ver-deckt von vielen Rätseln.

Manfred Kleinhaus ist ein Toter. Ich kann mich zurzeit nicht entscheiden, ob ich auf den Weg zur Auflösung eine weitere Leiche legen möchte. Zentraler Punkt in dieser Geschichte ist der Totenschein. Denn für ein Begräbnis braucht der Bestatter einen solchen, ebenfalls brauchen ihn die Erben für das Einkassieren der Lebensversicherung. Caesar und Nadine haben nach langen Bemühungen endlich den Totenschein in der Hand, studieren sorgfältig alle Angaben. Der Arztstempel ist eine Spur, denn den Arzt gibt es. Dieser weist jede Mitschuld von sich und mimt den Unwissenden. Ob er Schuld mitträgt, mag dahingestellt sein, auch wenn es recht plausibel ist, denn der Doktor ist Frauenarzt. Gynäkologen stellen in der Regel keine Totenscheine für Männer aus. Jedoch sinnieren Nadine und Caesar darüber, warum Manfred nicht einen unauffälligeren Arzttypus für diese Bescheinigung gewählt hat. Wollte er für den Fall, dass ihm etwas zustößt, noch eine Botschaft an die Ermittler senden?

Gut gefiele mir in diesem Zusammenhang, wenn die kleine Tochter von Nadine entführt wird, um Nadine von weiteren Recherchen abzuhalten. Die achtjährige Sarah-Emilia ist zum Glück nicht eines dieser vorlauten, altklugen Mädchen, die schon durch ihre ständigen Randbemerkungen die Erpresser an den Rand des Wahnsinns treiben. Nein, sie ist eine schmale Person, hat große kluge graue Augen und presst die meiste Zeit, in der wir sie sehen, eine Puppe mit schlabbrigen Stoffarmen an ihren Körper. Sie weint gelegentlich, wenn ein Erpresser sie grob anfährt.

Eine weitere schmalzige Szene bietet sich an: Einer der Erpresser erliegt dem Charme des stillen Mädchens. Er setzt sie heimlich frei. Denn er ahnt, dass seine Kumpane mit der Todesdrohung ernst machen werden. Sarah-Emilia läuft also mit ihrer Puppe angstvoll und „Mama, Mama ..." rufend durch den Wald. Sie überquert Hals über Kopf eine wenig befahrene Straße, auf der an diesem Tag rein zufällig ein Vertreter nach einem erfolglosen Arbeitstag entlangfährt. Beinahe hätte der Fahrer das kleine Mädchen überfahren, aber nein, es wird alles gut. Er hält an, sie ist verängstigt und will nicht einsteigen. Er fragt sie nach Namen und Adresse und sagt: „Pass auf, wir rufen jetzt mal deine Mama an, damit sie weiß, wo du bist." Sarah-Emilia nickt unter Tränen und hockt sich an den Straßenrand. Wie wäre eine Variante, in deren Verlauf der Vertreter stirbt, möglicherweise erschossen von den Entführern auf der Suche nach Sarah-Emilia, die sich rastlos schon wieder auf den Weg gemacht hat? Nein, das gefällt mir nicht.

Testamentseröffnungen sind Fundgruben für jeden guten oder schlechten Krimi. Überraschung macht sich auf den Gesichtern derjenigen breit, die unerwarteterweise leer ausgegangen sind. Oder ein selbstzufriedenes verstohlenes Lächeln bei demjenigen, der zwecks Erbe einen Mord geplant und durchgeführt hatte. Cedric Beyer hat ein Testament aufgesetzt, in dem er Sandra fast nichts vererbt, die dementsprechend erbleicht und kocht vor Wut, vor allem falls sie in den Mord verstrickt sein sollte. Oder Cedric Beyer hat ein neues Testament verfasst, auf dem die Unterschrift fehlt und in dem er seinen ganzen Besitz abgesehen vom Pflichtteil Amnesty International oder einer Organisation zur Rehabilitation von Drogensüchtigen vermacht. Obwohl das ein wenig kitschig wäre. Oder er hinterlässt doch den Großteil seiner Ex-Frau Kirsten. Würde sich herausstellen, dass sie das schon vor einigen Wochen erfahren hatte, geriete sie in den Kreis der Verdächtigen.

Bei Mustermanns spielt kein Testament eine Rolle. Sieht man einmal davon ab, dass die Großmutter sich weinend die Augen mit einem Taschentuch abwischt (falls Stefanie zur Tatzeit bei ihr war). Sie erklärt, dass sie doch ihrem Sohn immer nahegelegt hat, er möge ein Testament verfassen, damit im Falle des Todes beider Eltern ihr das Sorgerecht inklusive Finanzen übertragen werde. Dass die Großmutter bzw. Mutter ihren Sohn ermordet, um ihn zu beerben, ist eher ungewöhnlich, und daher ein bedenkenswerter Aspekt.

Manfred Kleinhaus hat als ordentlicher Mensch einen letzten Willen hinterlassen, nein vielmehr: Gefunden werden vier oder fünf Testamente. Das beschäftigt die Verwandten und lässt dann nicht so viel Raum für sie, über den Tod von Manfred irgendwelche Spekulationen anzustellen. Oder sein Testament ist verwickelt und kompliziert, weil er darüber so viel Geld wie möglich für sich selbst abzweigen und über unbekannte Kanäle auf seine heimlichen Konten überweisen möchte. Caesar und Nadine haben in einer Szene alle Testamente (je vier bis sechs Seiten) auf dem Boden ausgelegt, studieren sie wiederholt, vergleichen, finden Unterschiede, Übereinstimmungen und entdecken so – endlich wieder – einen Hinweis auf den Mörder.

U wie Uhr und unheimlich

Uhren sind bestens geeignet, um unklare Todeszeitpunkte genauer festzustellen. Die Leiche wurde mit zerschmettertem Uhrenblatt der Armbanduhr gefunden und die Uhr steht? Schon kennen wir den gesuchten Zeitpunkt. Das Blatt der Uhr ist zerstört, die Zeiger stehen unbeweglich fest, die Leiche wird aus dem Wasser gezogen – in der Uhr ist kaum ein Tropfen zu finden? Da hat einer nachgeholfen, um die Tatzeit zu verwischen. In Filmen sind tickende Uhren ausgezeichnet geeignet, Spannung zu erzeugen. Bei den heutigen Uhren ist das nicht immer möglich, denn manche sind quasi stumm. Tatzeiten sind von essentieller Bedeutung, daher sind die Zeitmesser genauso wichtig. Ein weiteres Charakteristikum von Uhren ist ihr Wert: Wer eine Rolex mit Goldarmband trägt, hat viel Geld oder sie geklaut und außerdem einen schlechten Geschmack (dies ist eine rein subjektive

Aussage der Autorin). Die wenigen Uhren vom Fabrikat Rolex, die ich je gesehen haben, fand ich alle unschön. Einer der Chefärzte, denen ich in den letzten Jahren begegnet bin, trug eine Rolex. Und teure Schuhe, das habe ich ebenfalls erkannt. Wobei ich ihm beides gönne, denn er schuftet, ist kompetent und menschlich im Umgang mit seinen Patienten.

Sollte ich nach dem dubiosen Frauenarzt einen sympathischen Arzttypus einführen? Seine Eitelkeit ist quasi eine liebenswerte Schwäche. Bis zu dem Punkt, wo sie zu übermächtig wird. Aber hiermit schweifen wir jetzt wirklich zu weit ab.

Damit nicht zu deutlich wird, wer mir für diesen Krimi gewissermaßen Modell gestanden hat, lasse ich ihn als Facharzt für Orthopädie auftreten. Einen Orthopäden braucht fast jeder irgendwann einmal in seinem Leben. Die wenigsten Ärzte dieser Fachrichtung sind sympathisch oder gar kompetent. Das weiß ich sowohl aus eigener Erfahrung als auch vielen Erzählungen, da kann ich exzellent einen Kontrapunkt zur Realität setzen. Um es deutlich zu sagen: Ich kenne durchaus fähige Ärzte aus dieser Fachrichtung, auch wenn sie sich an einer Hand abzählen lassen.

Der Chefarzt der Orthopädie soll ein Sympathieträger oder zumindest neutral sein, seine Eitelkeit eher liebenswert und nur gelegentlich abstoßend. Wobei ich hier noch einmal einflechten möchte, dass meine Erfahrung mit Chefärzten – und ich habe in den letzten Jahren einige erlebt – statistisch eindeutig ergibt, dass Kompetenz für diesen Job nicht reicht. Ein bisschen ‚Entertainertum' gehört dazu und die erwähnte Prise Eitelkeit. Klar, wer nicht eitel ist, strebt diesen Knochenjob nicht an. Die Mär vom Chefarzt als reinem Bürokraten, der nur die Fingernägel poliert, Privatpatienten behandelt und vor allem dicke Kohle nach Hause trägt, kann ich nicht bestätigen. Es wäre durchaus reizvoll, einen solchen Klischeearzt in den Text aufzunehmen. Das ist dann für die Leser eingängiger, weil sie sich begeistert auf die Schenkel klopfen können und rufen „Jau, so sind die doofen Chefärzte, kriegen jede Menge Kohle und sind eigentlich nur Hohlköpfe. Die wirkliche Arbeit erledigen die von ihnen unterjochten Oberärzte". Eines sei hier noch erwähnt: meine Einstellung zur ärztlichen Hierarchie. Bei allem Sinn für Demokratie und Mitbestimmung sehe ich ein, dass der Arztberuf einer von denen ist, die eine klare Kompetenz- und Entscheidungszuweisung erfordern. Stellen wir uns vor, die Operation ist in vollem Gange. Etwas läuft schief, die Monitore fiepen aufgeregt. Der leitende Arzt sagt: Blut absaugen! Der Assistenzarzt ruft: „Stopp! Das finde ich nicht angebracht, das könnte dem Patienten schaden." Alle an der OP Beteiligten halten in ihrer Arbeit inne und diskutieren fünf Minuten lang, was jetzt die Behandlungsmöglichkeiten sind, und wiegen sie gegeneinander ab. Krankenschwestern, Pfleger,

Ärzte und Chefarzt. Es wird abgestimmt und das Ergebnis lautet (acht Stimmen dafür, zwei Enthaltungen und eine Stimme dagegen – die war von der Reinigungskraft, aber das spielt hier keine Rolle) „Ja, Blut absaugen." Alle wenden sich zufrieden wieder dem Patienten zu. Wobei sich in Folge leider herausstellt, dass Blutabsaugen gar nicht mehr notwendig ist. Wie die Autopsie dann zeigen wird, hatte der Chefarzt wahrhaftig nicht nur die meisten Stimmen auf seiner Seite, sondern auch Recht.

Nun bin ich von der Uhr doch wahrhaftig zu den Ärzten gelangt, ein gewaltiger Umweg, der mir schon fast unheimlich ist. Zum Glück haben wir drei Geschichten, nicht in jede muss ich den sympathischen Arzt mit der Rolex platzieren. Am besten mache ich das gleich im Fall Cedric Beyer, der in einem Zustand heftiger Rückenschmerzen drei Tage vor seinem Tod bei Dr. Stefan Krause einen Termin hatte. Die beiden verstehen sich allgemein sehr gut und so vertraute Krause seinem Patienten eine kleine Tüte mit Juwelen an, die dieser mit den übrigen Steinen in Amsterdam verkaufen sollte. Eine neue Wende! Der etwa vierzigjährige Krause handelt hier nicht völlig legal. Aber wenn er alles brav versteuert, so meint er, ist er bald seinen Verarmungsängsten komplett ausgeliefert, die ihn in regelmäßigen Abständen quälen. Und das kommt bei ihm immer wieder hoch, trotz großzügiger Absicherung fürs Alter, einer eigenen Immobilie (mit hohem Wiederverkaufswert) und einer vermieteten Immobilie, mit deren Verwaltung er geldsparend seine Frau betraut hat. Der Tod seines Patienten trifft ihn also nicht nur aus professionellen Beweggründen, und so betätigt er sich auch ein wenig als Hobbydetektiv. Wir lernen ihn dabei näher kennen. Da sein Familienleben intakt ist – er hat praktischerweise vor zehn Jahren gleich seine Sekretärin geheiratet, statt erst den Umweg über eine Krankenschwester zu wählen, die er dann später doch mit der Sekretärin betrügt –, können wir hier kein Happy End erwarten. Allenfalls wird eine schwere Ehekrise beigelegt, zu der es vor kurzer Zeit gekommen war. So ein Arzt in wenigstens einem meiner Kriminalromane ist von Vorteil, weil ich da mein im Beruf erworbenes medizinisches Teilwissen genauso gut einbauen kann wie meine intensive Arzterfahrung in den letzten Jahren. Wobei ich bei einem derartigen Verlauf der Geschichte darauf achten werde, dass es kein Arztroman wird! Vielleicht lasse ich Krause in den Augen der Polizei in den Kreis der Verdächtigen rutschen, weil er sich in einer intensiven Weise für den ganzen Fall interessiert, wie sie für die Beamten in nicht nachvollziehbar ist.

Familie Mustermann lasse ich arztlos. Sonst könnte man den Eindruck gewinnen, ich bin besessen von Arztgeschichten. Als gruseliges Detail könnte ich Blut durch das zerstörte Ziffernblatt in die Armbanduhr von Frau Mustermann fließen lassen, was die Bestimmung des Massakerzeitpunkts auf den frühen Morgen erkennen lässt. Warum Frau Mustermann schon um fünf Uhr im Garten sitzt, ist eine Frage, deren Beantwortung sowohl von offizieller Seite als auch von Klara-Anna und Cornelius als wichtig eingestuft wird. Es ließe sich vermuten, dass der/die Täter die Frau gezwungen haben könnte/n, aus der Küche durch die Terrassentür in den Garten zu gehen. Dagegen sprechen die zwei Stapel leichter Zeitungslektüre – ebenfalls blutbesudelt –, die neben ihrem Gartenstuhl liegen. Unappetitlich, das sollte dann reichen.

Manfred Kleinhaus war als Lehrer zwar nicht arm, aber auch nicht sehr reich. Daher überraschte es seine Frau Elke schon, als er eines Tages eine Rolex am Arm trug. Sie sprach ihn darauf an. Zwar hatte sie gewusst, dass seine Armbanduhr nach einem Sturz auf die Fliesen irreparablen Schaden genommen hatte und dass er sich eine neue kaufen wollte, ja, musste. Wie sollte er sonst den Anfang der nächsten Schulstunde feststellen? Als er dann mit dieser goldenen Uhr nach Hause kam, stutzte Elke und fragte, woher denn dieses teure Teil komme. „Nur eine billige Imitation", tröstete er sie. Bei der Hausdurchsuchung wurde dann das Zertifikat für die echte Rolex gefunden, was Elke verwirrte, genauso wie die Tatsache, dass er die Lebensversicherung an ihr vorbei auf andere Konten gelenkt hatte. Okay, ihre Ehe war nicht das, was man ein ewiges Glück nennen würde. Achtzehn Jahre waren es insgesamt, die waren gar nicht so übel gewesen! Fand Elke. Noch verblüffender für Caesar, unseren findigen Versicherungsdetektiv, war, dass er mit einem Blick auf die Fotos erkannte, dass es sich in der Tat um ein Imitat handelte. Die Fälschung war das Zertifikat, nicht die Uhr. War das Manfreds Absicht gewesen, was steckte dahinter, hat es etwas mit dem Mord zu tun? Gab es zwei Uhren, zwei Zertifikate?

V wie Verdächtige und Verhöre

Wie wäre ein Krimi ohne Tatverdächtige? Spannungslos, allenfalls ein Plätscherroman (eine Gattung, die es zu erfinden gilt), eine Schmonzette, ein dreihundert Seiten starker Langweiler. Somit: Her mit den potentiellen Tätern!

Wichtig ist bei den Verdächtigen, dass der Leser mitgerissen wird, diesen und jenen zusammen mit dem Autor für schuldig hält und dann am Ende völlig überrascht wird. Es gibt auch andere Handlungsströme, die ebenfalls fesselnd sein können. Wenn zum Beispiel der Täter von Anfang an bekannt ist. Ich bevorzuge die herkömmliche Rätselweise. Die Verdächtigen lassen sich in einer Liste aufführen:

Mord an Cedric Beyer

* Kirstin Beyer, seine (evtl. erste) Ehefrau – Ehefrauen haben entweder Geliebte oder sind auf das Geld aus, wenn der Mann eine Neue hat.

- Sandra Beyer, Geliebte bzw. zweite Ehefrau von Cedric, wobei sie eher anstiftet, als selbst zur Waffe zu greifen.
- Boris, Geliebter von Sandra.
- Elias Schrempel, der verliebte Parkwächter.
- Micky White, ein bisher unbekannter Geschäftspartner von Beyer, der sich von diesem finanziell betrogen fühlt. Der dreiundfünfzigjährige Micky lebt abwechselnd in London und Frankfurt. Seine zweite Frau ist Engländerin, seine Kinder aus erster Ehe leben in Frankfurt. Sein Lebensstil ist sogar für sein durchaus beachtliches Einkommen ausufernd.

Mord an Familie Mustermann

- Johnny Schwesig, der im Drogenrausch gehandelt haben könnte.
- Postbote Martin Schröter – die Polizei ist immer so deppert, gleich den zu verdächtigen, der die Leiche gefunden hat.
- Markus Winterhager, ein langjähriger Verehrer von Frau Mustermann. Sie fühlte sich anfangs durch seine Aufmerksamkeit geschmeichelt, aber irgendwann wurde es ihr zu viel und sie hat ihn abgewiesen, lächerlich gemacht und schließlich als Spanner und Stalker angezeigt.
- Hartwig Keller, der übergangene Kollege von Herrn Mustermann.

- Ferdo Wackernagel, Elsies Freund mit einigen Vorstrafen auf dem Buckel, u.a. Körperverletzung und Tierquälerei.

Mord an Manfred Kleinhaus

- Seine Frau Elke, weil sie finanziell von ihm komplett hinters Licht geführt und betrogen wurde.
- Vesuvo Caetano, der zwielichtige Brasilianer.
- Nick Schmitz, der Gärtner von Familie Kleinhaus. Er ist vorzugsweise verdächtig, da Elke und Manfred Kleinhaus zur Miete wohnen und nur über eine Dachterrasse und einen Balkon verfügen. Nick verehrt Elke, er macht heimlich Fotos von ihr und pinnt diese zu Hause an seine Wand. Das weiß Elke zum Glück nicht, und so lädt sie ihn regelmäßig zu Tee und Keksen ein, wenn er die Dachterrasse und den Balkon gartentechnisch beackert hat. Alles, was Manfred tut, hält er für verdächtig, weil er überzeugt ist, dass es ‚seiner' Elke schadet.
- Der Polizeibeamte Kevin Großbauer, er wohnt in der Wohnung unter Kleinhausens. Auch er möchte ein Stück vom Kuchen, als er mitbekommt, was Manfred plant. Er verfügt über große Bauernschläue, und so hat es Manfred trotz aller Vorsichtsmaßnahmen nicht geschafft, an Kevin vorbei zu planen. Möglicherweise wird er vor seinem Verschwinden schon von Kevin erpresst. Es ist zwar ungewöhnlich, dass der Erpresser sein Opfer um-

bringt, man würde eher das Gegenteil erwarten. Aber Kevin weiß zu viel, so dass selbst seine Kollegen schnell auf ihn kommen.

- Marianne Witzhelden, eine kurz vor der Pensionierung stehende Kollegin von Manfred. Sie unterrichtet Sozialkunde, Geschichte und Englisch, der Beruf hat sie verschlissen. Nachdem sie erfahren hat, dass sie Knochenkrebs mit ausgesprochen schlechter Prognose hat, möchte sie noch einmal die Sonnenuntergänge in der Karibik sehen. Geld dafür hat sie nicht, weil sie alles, was am Monatsende übrigblieb, ihren beiden (undankbaren) Kindern gegeben hat. Nun möchte sie ein Stück des Kuchens für sich, nur für sich, und dabei kennt sie keine Skrupel. Wie und ob sie von Manfreds Plänen erfahren hat, wäre zu durchleuchten genauso wie die Tatsache, dass sie als schwerkranke Frau Manfred umbringen konnte, der durchaus trainiert und fit war. Gift bietet sich an.

Verhöre führt die Polizei durch, Hobbydetektive führen nur Gespräche und fragen Leute aus. Zu einer Vernehmung gehört ein karger Raum, in dessen Mitte ein Tisch steht. Darauf befinden sich ein Rekorder zum Mitschneiden des Gesagten, eine Flasche Wasser, zwei Gläser und – sonst nichts. Selten sehen wir einen Aschenbecher. Auf einer Seite stehen zwei Stühle, auf der anderen einer. An der Wand, gegenüber der Tischseite mit einem Stuhl, befindet sich der obligatorische

Zweiwegespiegel bzw. ein Fenster, das nur von einer Seite durchsichtbar ist. Meine Kenntnisse von Verhörräumen stammen übrigens nicht aus eigener Erfahrung. Das möchte ich hier einmal einstreuen, damit kein falsches Bild von mir entsteht. Sie gründen sich ausschließlich auf Krimiserien, vorwiegend im ZDF.

Wenn die verhörenden Beamten zu zweit auftreten, gibt es immer das Schema: Der eine ist freundlich und verständnisvoll, der andere grob und unnachgiebig (‚Bad Cop – Good Cop‘). Hier finden auch Frauen einen geeigneten Platz, die z. B. wie Katharina Böhm in ihrer Rolle als *Die Chefin* stets dasselbe nichtssagende, vermeintlich freundliche Lächeln auf dem Gesicht haben. Und dann kommt plötzlich die messerscharfe Logik, das Lächeln schwappt gelegentlich in Trauer um, wenn das Schicksal zu viel Böses präsentiert.

Je nach Verdächtigungsgrad sind die befragten Personen schnippisch, zurückhaltend, gesprächig oder aufbrausend. Das wäre dann jeweils herauszuarbeiten. Seiten füllen lassen sich ferner, indem mehrere Verdächtige gleich mehrmals – von verschiedenen Beamten verhört werden. Durch Schilderung der Lichteffekte, die sich durchs Oberlicht in die Szene drängen, lässt sich Stimmung erzeugen.

Polizisten – in Krimis – sind nicht immer oder nicht immer alle völlig blöde und einfältig. So könnte es passieren, dass sie Klara-Anna und Cornelius durchaus bei dem einen oder anderen Verhör mit durch die Scheibe schauen und hören lassen. Oder wir drehen den Spieß um (blutfrei) und nehmen Caesar mit in den Kreis der Verdächtigen an Manfreds jähem Ende auf. Versicherungsvertreter sind immer dubiose Figuren für die Polizei. Das gilt erst recht für Versicherungsdetektive, die laienhaft vor sich hinarbeiten und nur Papierkram wälzen.

Unabdingbar ist, dass zu einem Zeitpunkt im Verhör das Handy des leitenden Beamten klingelt und er eine wichtige Information entgegennimmt, die er gleich in das Verhör mit einbaut. Da werden verstockte Männer zu Plaudertaschen, Nur-Verdächtige zu Geständigen, bekannte Quasselstrippen kneifen plötzlich den Mund zu. Pro Story mindestens ein Verhör, das ist die absolut unverzichtbare Zutat, falls die Polizei im Spiel ist. Nicht zu vergessen, die Variante der dümmlichen Polizisten. Sie zerren einen Unschuldigen nach dem anderen zum Verhör, wo sie ihn stundenlang vernehmen, fast bis zur körperlichen Gewalt gehen – um am Ende dann doch der erfolgreichen Arbeit von Hobbydetektiven nachgeben zu müssen.

Ein Verhör im Sommer:

Zwei uniformierte Polizisten schubsen Elias Schrempel in den Verhörraum. Er fängt sich am Tisch. Es ist warm, sein Gesicht ist leicht gerötet. Für diese Variante ist er so Ende dreißig/Anfang vierzig, ein kleiner Mann mit langen Armen und leicht gekrümmtem Rücken. Seine dunklen Haare, dicht und teilweise ergraut, sind ganz kurz geschnitten. Seine Wimpern werden von Frauen bewundert, da sie sich lang und glatt über seine blauen Augen legen. Sein Erfolg beim anderen Geschlecht ist nicht wie gewünscht, er verguckt sich immer in die Falschen. Er schaut im Raum umher, zuckt mit den Schultern und will sich gerade hinsetzen, als Kriminalkommissar Jochen Schmitzhaus den Raum betritt. Sein junger Kollege, Jan Frederick, steht hinter der Scheibe und schaut zu, er soll lernen. Schmitzhaus' kariertes Hemd spannt etwas über den Bauch. Er fordert Elias auf, sich an die eine Seite des Tisches zu setzen. Noch vor den üblichen Formalien schaltet Schmitzhaus das Aufnahmegerät ein.

„Herr Schrempel, wo waren Sie am 12. April in der Zeit von 19 bis 22 Uhr?"

Elias schaut den Kriminalkommissar an, dann starrt er auf die Wasserflasche, er hat Durst. „Kann ich etwas zu trinken bekommen?" – „Nein, bitte beantworten Sie erst meine Frage!"

Elias zuckt mit den Schultern und streicht mit der Hand über seine leicht verschmutzte, rote Arbeitshose. „Keine Ahnung, das ist vier Wochen her, wie soll ich das wissen? Wenn ich wüsste, ob da Sport im Fernsehen war, also dann kann ich Ihnen zumindest sagen, ob ich zu Hause war."

Schmitzhaus, etwas ungehalten: „Vielleicht, indem Sie sorgfältig nachdenken?" So geht das eine Viertelstunde ergebnislos weiter.

Elias wirft ihm einen leeren Blick zu. Er überlegt, ob er nach Dienstende die Parkkette wirklich geschlossen hat. Er hat es schon einmal vergessen und gleich eine Abmahnung bekommen. Das nette Lächeln von Sandra macht eben vieles wett. „Kann ich rauchen?" – „Nein", bellt ihn Schmitzhaus an, „bleiben Sie doch endlich bei der Sache."

Elias ist hilflos. Er hat keinen blassen Schimmer, warum er verhört wird, er hat nichts getan, für das er sich schämen müsste. „Ihr Hemd ist eine Nummer zu klein", entfährt es ihm. Er weiß selbst nicht, aus welchem Grund er das sagt. Äußerlichkeiten sind sonst außer bei Frauen gar nicht so sein Thema.

Schmitzhaus springt auf, unter den Achselhöhlen haben sich Schweißkreise gebildet. Er stemmt die Hände auf den Tisch, beugt sich zu Elias hinüber. Von der Stirn perlt es auf die Tischplatte. Seine Haare sehen aus wie geölt, zwei Strähnen fallen ihm über die Augen. „Mann, wissen Sie nicht, worum es hier geht? Das ist kein Spiel!"

Elias schaut ihn an, er ist müde. Er hat zehn Stunden anstrengenden Dienst hinter sich. Anstrengend, weil er nichts vergessen darf von dem, was er gerne vergessen würde. Dann fällt ihm Sandra ein und er lächelt. Schmitzhaus versteht das falsch und hat den

Eindruck, Elias grinst ihn an. Er kann sich kaum noch zurückhalten.

„Dieser Typ," so denkt er, „ist entweder einfältig oder gerissen und will mich provozieren. Das kann er haben!" Er geht bis auf wenige Zentimeter an Elias heran, er ballt die Faust, aber dann kommt er zur Besinnung. Er ist doch Polizist, kein Straßendetektiv. Er atmet schwer und beobachtet wie Elias mit den Augen eine winzige Spinne verfolgt, die über den Tisch läuft, auf seine Hand zu. Blitzschnell hebt Elias die Hand und lässt sie genauso schnell wieder auf den Tisch fallen, wie ein Hackmesser. Der Spinne bringt es ein schnelles Ende. Gedankenverloren zerquetscht Elias das kleine Tier mit dem Daumen auf der grauen Resopalplatte.

„Der Typ bringt mich zur Weißglut, eiskalte Mörder habe ich hier schon sitzen gehabt und keiner hat mich so provozieren können." Später, wenn er zu Hause bei einem kühlen Glas Limonade sitzt und Frau und Kinder schon im Bett sind, wird er darüber nachdenken, was es an Elias ist, das ihn so herausfordert. Er hat einmal gelernt, dass man sich bei anderen Menschen am meisten darüber ärgert, was man von sich selbst kennt. Das ist jedoch erst später, jetzt steht er im Verhörraum und ringt um Fassung. Er ist Profi genug, um sie wiederzuerlangen. Er schaut Elias an. Und wenn Jan doch Recht hätte und der Mann unschuldig ist? Auch wenn man ihn dabei erwischt hat, wie er versuchte, Beyers Mercedes zu stehlen? Elias beteuerte, dass er das Auto nicht klauen wollte. Kleinlaut gibt er zu, dass er die Autos gelegentlich über den Parkplatz steuert. Ihm werden die Schlüssel anvertraut, und er ist auch immer supervorsichtig. Wenigstens einmal eine Runde in Wagen zu machen, die er sich nie wird leisten können, das ist sein kleines Vergnügen. Er hat nicht einmal genug Geld für den Führerschein. Er trumpft auf „Bisher ist nicht ein einziges Mal ein Auto zu Schaden gekommen!" Wer glaubt das schon? Neben ihm auf dem Beifahrersitz liegt ein Taschentuch mit einigen Blutspritzern, Blut von Cedric. Wie will Elias das erklären? Er kann es nicht.

Schmitzhaus seufzt innerlich, ihm ist klar, dass er heute aus diesem Mann nichts mehr herausbekommt. Soll er Jan die Befragung weiterführen lassen? Möglicherweise ist der mit all seinen Psychotricks wahrhaftig besser für solche Typen geeignet. Er steht abrupt auf. Elias fragt:

„Kann ich jetzt gehen? Ich habe noch nichts gegessen heute." Schmitzhaus stürmt wortlos aus dem Raum, „Wie kann man dermaßen einfältig oder gerissen sein?"

Jan ersetzt seinen Vorgesetzten. Seine bedachte Art und sein freundliches Auftreten beruhigen Elias, der mittlerweile motzig und übelgelaunt ist. „Ich habe

Hunger!" Jan bittet ihn noch um ein paar Minuten Geduld und lächelt ihn an.

W wie Wasserleiche, Widerstand, Wissenschaft

Wasserleiche

Es steht aus, wie Manfred Kleinhaus gefunden wurde. Sein Beruf ist bis jetzt nicht eindeutig geklärt: War er nur windiger Autoverkäufer oder war er Lehrer und hat dann auf Autoverkäufer umgesattelt? Das ist im Nachhinein, aber nicht hier zu aufzudecken. Klar ist eins: Der zweite, der reale Tod von Manfred trat durch Ertrinken ein. Zumindest wurde seine Leiche an Land gespült, wie ein Rollbraten verschnürt und verpackt. Leni hat ihn gefunden. Das Mädchen war mit ihren Eltern und ihrem Bruder Xaver in Urlaub gefahren, sie hatten ein Häuschen nahe am Strand gemietet. Leni liebte es, im Sand zu spielen, mit Kieseln verzierte Sandburgen für ihre kleinen Puppen zu bauen. Sie hasste Xaver dafür, dass er kein größeres Vergnügen wusste, als ihre Burgen zu zerstören. Da er drei Jahre älter war als sie, hatte es keinen Sinn, sich körperlich zur Wehr zu setzen, auch wenn sie im Grunde von der Statur her massiver gebaut war als er. Diese Unterlegenheit endgültig zu erlernen, hatte etwas gedauert und sie viele blaue Flecken gekostet. Ihre kleinen Plastikpuppen, Playmobil nicht unähnlich, waren elf an der Zahl: fünf weibliche, fünf männliche Figuren und ein Ungeheuer. Das Ungeheuer trug den Namen Xaver, was aber niemand wusste außer ihr. Häufig entführte in ihren Spielen das Ungeheuer eine kleine weibliche Figur, sie hatte blonde Locken und blaue Augen. Leni hatte dunkles glattes Haar und ihre Augenfarbe war blaugrau, deswegen fand sie ihre Wahl unauffällig. Sie hatte die Figur Lavinia getauft, ebenfalls unauffällig, wie sie mit ihren sieben Jahren dachte. Außerdem gab es einen blonden Strahlemann mit festsitzender Schmachtlocke oben auf dem Kopf, der hieß Tim. Genau wie der coole Junge, der in der Klasse drei Tische weiter hinter ihr saß und ihr gelegentlich kleine Papierkügelchen an den Kopf warf. Der Tim aus der Schule trug immer so smarte Sachen, hatte statt eines Schulrucksacks eine Umhängetasche mit Flugzeugen drauf. Sie fand ihn total süß und hoffte stets, dass er sie eines Tages fragen würde: „Willst du mit mir gehen?", so wie sie das in alten Geschichten gelesen hatte. Der Plastik-Tim auf jeden Fall befreite Plastik-Lavinia immer aus den Fängen von Plastik-Ungeheuer Xaver. Gemeinsam vernichteten Tim und Lavinia das Ungeheuer mit schrecklichen Schwertschlägen. So ließ sich das Leben besser ertragen. Lenis Eltern verstanden nicht so genau, was sie immer spielte, und hielten die Auseinandersetzungen zwischen den Geschwistern für eine normale Alterserscheinung, was sie vielleicht auch waren. Für Leni, ein eher stilles und in sich gekehrtes Mädchen, waren sie das nicht. Was an dem Kind ebenfalls auffiel, war, dass es sich komplett in etwas versenken konnte. Wenn Leni mit ihren Püppchen spielte und Burgen baute, vergaß sie alles um sich herum. Ob sie gerufen wurde, ob es anfing zu regnen, sie merkte es nicht. Genau wie beim Fernsehen, wenn etwas sie fesselte. Dann saß sie mit geradem Rücken auf oder vor dem Sofa, Freddie, ihren alten Kuschelbären, fest an sich gepresst, ihre Wangen waren leicht gerötet und ihr Blick wich nicht vom Bildschirm. Da passte vor allem ihre Mutter sorgsam auf, dass sie nicht an einen falschen Film geriet. Xaver machte sich regelmäßig einen Spaß daraus, sie aus ihren Tagträumen zu reißen, indem er sie schubste, an den Haaren zog oder Freddie aus ihrer Umarmung riss und davonlief. So vertieft saß sie jetzt am Strand, die Lippen zu einem breiten Lächeln auseinandergezogen, denn Tim hackte gerade mit seinem Schwert auf Lavinias Fesseln ein, die gleichzeitig eine Giftkralle aus der Glitzerhandtasche zog, um ebenfalls auf das xaversche Ungeheuer einzuschlagen.

So konzentriert hockte Leni am Ufer und merkte kaum, wie die Flut unter ihre Füße kroch. Die Flut war an dieser Stelle nicht ausgeprägt. Leni war eine gute Schwimmerin und ein vorsichtiges Mädchen, daher schaute ihre Mutter nur ab und an aus dem Haus zu ihr herüber, ob alles in Ordnung war. Auf der

Dünenseite des Strands ließ Xaver zu diesem Zeitpunkt mit seinem Vater einen Drachen steigen. Eine Familienidylle, wie sie in dieser Familie nicht so häufig vorkam. Der Kampf zwischen den Plastikfiguren wurde heftiger, und so verlor Leni, die sich davorgesetzt hatte, das Gleichgewicht und plumpste rückwärts. Sie drehte ihren Kopf erstaunt um, als sie gar nicht so tief fiel, wie ihr Körper erwartet hatte. Sie drehte sich in der Hocke und sah einen grauen Wal. Warum war er mit Stricken umwickelt?, fragte sie sich. Sie schaute näher hin. Aha, es war ein Paket. Hatte ihr das Meer etwas Geheimnisvolles und Wertvolles vor die Füße gespült? Sie schubste das Paket und sah sich um, ob sie ihren Schatz allein behalten könne, wenigstens fürs Erste. Das Paket war merkwürdig weich und schwer und aufgeblasen von Wasser oder Wind. Sie zurrte an einer Ecke an der grauen Plastikplane und wich entsetzt zurück, als aus der Öffnung etwas fiel wie eine menschliche Hand. Leni wusste nicht, ob sie fasziniert oder entsetzt war. Die Hand erinnerte sie an die Gummibärchen, die ihr im Sommer aus der Tüte gefallen waren und sich unbemerkt in der Böschung verfangen hatten. Nach drei Tagen Dauerregen hatte Leni sie wiedergesehen: prall, um das Dreifache vergrößert und blässlich verfärbt. Plötzlich wurde ihr klar, dass dies kein Gummibärchen war, und ein unklares Grauen überfiel sie. Sie stolperte in Richtung des Häuschens, ihre Plastikszenerie ließ sie unbeachtet am Ufer zurück und rief laut nach ihrer Mutter.

Widerstand gegen die Staatsgewalt

Eindeutig ein Vergehen laut StGB (Strafgesetzbuch), wie ein winziger Blick in die Suchmaschine Google schon zeigt. Im Fall des Mordopfers Beyer geleistet von Micky White.

Micky White, der sich zurzeit des Mordes in Frankfurt aufhielt, ist ein aufbrausender Mensch. Solche Typen sind der Polizei gleich verdächtig. Der leitende Beamte Jochen Schmitzhaus hat daher sein Augenmerk auf diesen Mann gerichtet. Ein Alibi für die Tatzeit hat Micky nicht. Nach einem gemeinsamen Essen mit seinen beiden erwachsenen Kindern ist er in sein kleines Apartment zurückgekehrt. Laut eigener Aussage hat er dort auf dem Sofa gesessen, eine Flasche Bier und eine Packung Zigaretten neben sich und irgendetwas im Fernsehen gesehen. Um was für eine Sendung es sich handelte, weiß er nicht mehr, weil er in Gedanken bei den Kindern war. Er zog in Erwägung, dass er nicht so ein superguter Vater war. Denn zuerst dachte er lieber an sich selbst als an andere. Er war müde, er streifte die Schuhe ab und legte die Füße, die Beine an den Unterschenkeln überkreuzt, auf den kleinen Glastisch vor ihm. Er wackelte mit den Zehen und fragte sich, ob seine Tochter Gesine jemals ihr Studium beenden würde. Seine

Finanzen waren doch etwas knapper als noch vor drei Jahren und er sah keinen Grund, sein schnuckliges Apartment zu verkaufen, nur weil seine Tochter es sich in den Kopf gesetzt hatte, Modedesign zu studieren. Nicht, dass sie sonderlich begabt wäre, das hatte er immer schon objektiv gewusst. Er machte sich nichts vor, nur sie tat das. Er seufzte. Auch Marian, der zurzeit sein freiwilliges soziales Jahr in Brasilien ableistete und auf Heimaturlaub war, bereitete ihm nicht wirklich Freude. Wann würde er endlich entscheiden, wie er seine Zukunft gestalten wollte? Flausen, nichts als Flausen im Kopf. Micky schüttelte den Kopf und füllte vorsichtig sein Glas mit Bier auf. Geld, nur Geld wollten sie von ihm. Und er dachte an seine Familie in London, seinen kleinen blondgelockten Engel, der ihm unentwegt Freude bereitete. Andererseits – Gesine war früher auch ein niedliches, aufgewecktes Kind gewesen. Micky gähnte und stellte fest, dass die Zeit gekommen war, ins Bett zu gehen. Genau das berichtete er Schmitzhaus in der Befragung. Natürlich behielt er die familiären Details für sich. Schmitzhaus konfrontierte ihn mit seiner prekären finanziellen Situation, seinem dubiosen Part in der Geschäftsbeziehung mit Cedric Beyer. Mickys Laune verschlechterte sich. Sobald er das Polizeigebäude verlassen hatte, entschloss er sich spontan, nach London weiterzureisen. Er rief Gesine an, sprach ihr etwas auf die Mailbox. Sie würde Marian schon informieren, dass aus dem gemeinsamen Shopping-Erlebnis nichts würde. Besser ist das, entschied Micky, ich muss doch mal mit dem Sparen irgendwo anfangen. Warum nicht bei seinen beiden älteren Tunichtguten? Er holte seinen kleinen weinroten Lederkoffer, in dessen Innentasche er das Schwarzgeld und ein paar exquisite Steine packte. Er hielt es für sicherer, sie mit nach London zu nehmen. Es fehlt nur ein richterlicher Beschluss, schon würde dieser merkwürdige Schmitzmann, oder wie er hieß, seine Wohnung durchkämen und dabei unweigerlich auf seinen Tresor stoßen, der klein und unauffällig im Unterwaschbeckenschrank auf den Boden betoniert war.

Er rief ein Taxi und fuhr zum Flughafen. Er war genervt und nervös. Er schritt durch die gläserne Eingangstür, als ihm ein junger Mann in den Weg trat. Wie er diese modernen Typen hasste, lange Matte auf dem Kopf, Hinterkopf kurz geschoren, Drei- oder Zweitagebart ... Er taxierte ihn: durchtrainiert, mittelgroß, nicht zu unterschätzen. Micky begann zu schwitzen, was passierte hier? Der junge Mann – wir ahnen es schon, es ist Jan Frederick – hielt ihm seinen Ausweis entgegen und bat ihn, den Koffer zu öffnen. Da wurde es Micky zu bunt, erst der ganze Kram mit Beyers Tod, seine beiden Versagerkinder, seine Nerven, seine Nerven, jetzt würden auch noch seine Wertsachen entdeckt, die neue Fragen aufwerfen würden. Noch einen halben Tag mit diesem verschwitzten Schmitzhaus wollte er sich auf keinen Fall vorstellen. Es war unklug, aber er versuchte wegzulaufen. Der Haken, den er lief, half nichts – zwei Uniformierte ergriffen ihn. Er strampelte, er trat, er keuchte, er schnaufte, er war eindeutig unterlegen. Jan kam dazu, machte ein paar Schritte auf ihn zu und sagte nur: „Herr White, lassen Sie das, Sie wollen doch nicht wegen Widerstandes gegen die Staatsgewalt weitere Unannehmlichkeiten bekommen?" Micky war immer noch sehr aufgebracht, zischte Drohungen und wand sich im Griff der Arme, die ihn fest umklammerten. Jan betrachtete ihn kühl. Auch wenn sein Chef diesen Mann für höchstverdächtig hielt, sah er das anders. White entsprach nicht dem Mann, den Elaine ihm beschrieben hatte, als sie Jan in ihrer Verzweiflung anrief, weil so ein merkwürdiger Mensch ums Haus schlich.

Wissenschaft

Wissenschaft und Technik nehmen einen immer breiteren Raum in polizeilichen Untersuchungen ein. Angefangen hat es mit der systematischen Erfassung von Fingerabdrücken, eine Erfindung des Engländers Francis Galton und des Argentiniers Juan Vucetich. Auch wenn es uns Fernsehkrimis anders vermitteln, dass nämlich Fingerabdrücke eindeutig zuzuordnen sind, ist sich die Kriminalistik da nicht so einig. Die

Frage ist eben, ob der Vergleich von Fingerabdrücken wirklich naturwissenschaftlichen Ansprüchen genügt.

Im Vergleich zu DNA-Profilen oder Spuren-Analysen mit Gaschromatographie-Geräten, wo die Wahrscheinlichkeit eines Fehlschlusses bekannt ist, gibt es zur Zuverlässigkeit von Fingerabdruck-Vergleichen erst wenige Studien.[*]

Da ist die DNA-Analyse doch von ganz anderem Kaliber. Durch und durch wissenschaftlich und dabei völlig simpel und preiswert – nehmen wir mal ihre Häufigkeit in landläufigen Krimis als Grundlage. Im vorliegenden Kriminalroman passt sie in jede Geschichte, am besten, versteht sich, in die mustermannschen Blutlachen. Ist das Blut nur von der Familie oder von jemand anderem, und wenn Letzteres – vom Mörder, der Mörderin, den Mördern, den Mörderinnen? Wir tappen im Dunkeln, im dunklen Blut. Bei den DNA-Analysen wird dann überraschenderweise festgestellt, dass Naomi gar nicht Cedrics Tochter ist. Mit wem hatte Frau Mustermann ein Techtelmechtel mit so weitreichenden Folgen? Ist da der Wahnsinn der Tat zu suchen? Naheliegende Liebhaber von Frauen sind stets die Postboten, und so gerät Martin Schröter doch wahrhaftig ins Blickfeld der Ermittler. Cornelius Hellerwiesen und Klara-Anna Schwesig sind sich sofort sicher, dass er unschuldig ist, und auf ihrem Weg nach der Suche des/der wirklichen Täter strengen sie sich außerordentlich an, um Martins

---

[*] Wikipedia

Schuldfreiheit zu beweisen. Dafür ist Martin ihnen natürlich sehr dankbar, vor allem als sich herausstellt, dass ihre Bemühungen erfolgreich waren. Einer gemeinsamen Zukunft steht somit nichts im Weg, und hier kommt auch zum ersten Mal der Gedanke an eine Detektei ins Spiel. Denn wie Cornelius und Klara-Anna schnell merken, ist Martin ein heller Kopf, weitaus heller, als man von einem simplen Landpostboten (sorry hier an alle Landpostboten!) erwarten könnte. Außerdem teilen sie denselben Humor, genauer gesagt: denselben Galgenhumor. Das alles schweißt zusammen.

X für ein U vormachen statt Xenophobie

Xenophobie war mein erster Gedanke, bzw. nicht wirklich meiner, sondern der Begriff, den mir zwei Freunde unabhängig voneinander nannten, als ich von meiner Suche nach einem wichtigen X berichtete. Angst vor dem Fremden? Gut, sicher nützlich in dem einen oder anderen Krimi, nicht aber eine Voraussetzung, ohne die ein Mord nicht ‚leben' kann. Wobei ich mir einer gewissen Inkonsequenz durchaus bewusst bin, nicht alle meine Stichwörter sind essentiell für jeden Krimi. Womit Xenophobie endgültig abgehakt ist.

Ein X für ein U vormachen: Jeder kennt diese Redewendung, nicht jeder kennt den Ursprung.

Ihren Ursprung hat diese Redewendung in den römischen Zahlen, bei denen Buchstaben für Zahlen stehen. So kann der Buchstabe V, welcher für die Zahl 5 steht, durch Verlängerung der Striche nach unten zum Buchstaben X umgeschrieben werden. Dieser steht wiederum für die Zahl 10, so dass eine (vermeintliche) Verdoppelung der Zahl entsteht. Der heutige Buchstabe U stammt vom V des lateinischen Alphabets ab, was die heutige Form der Redewendung erklärt.

Die Redewendung wird auf solche Manipulationen in betrügerischer Absicht u. a. bei Geldverleihern und Gastwirten zurückgeführt.[*]

Chat-GPT (29. Juli 2023) hat eine andere Erklärung:

Die Herkunft dieser Redewendung ist nicht eindeutig belegt, aber es wird angenommen, dass sie aus dem Handwerk stammt. In alten Zeiten hatten viele Handwerker ihre eigenen Geheimsprachen oder Codes, um ihre Fachkenntnisse und Fähigkeiten vor Konkurrenten zu schützen. Man sagt, dass manche Handwerker „X" und „U" verwendeten, um ähnlich aussehende Zeichen auf ihren Produkten oder in ihren Anzeigen zu ersetzen.

Einige Quellen verweisen auf das Schuhmacherhandwerk, bei dem Schustermeister ein „X" auf die Schuhsohlen malten, um sie von denen der Gesellen zu unterscheiden, die ein „U" benutzten. Kunden konnten so erkennen, wer die Arbeit geleistet hatte. Doch es kam vor, dass unehrliche Gesellen ein „X" für ein „U" vormachten, um ihre Arbeit besser erscheinen zu lassen.

Interessant, oder?

Ich zaudere bei diesem Ausdruck. Ich habe in meinem Berufsleben vorwiegend mit wissenschaftlichen Texten und Studien gearbeitet. Daher weiß ich

---

[*] Wikipedia

aus Erfahrung, wann es besonders langweilig wird: Nämlich dann, wenn der Autor schreibt „Interessanterweise…“. Ein Füllwort, das unbedingt einer Verbesserung bedarf. Deshalb habe ich den Hinweis auf das Interessante geschickterweise ans Ende meiner mir interessant erscheinenden Passage gesetzt. Damit Leser mit ähnlichen Erfahrungen wie ich nicht in einen Gähnstarrkrampf fallen. Auch ich habe somit ein X vor das U gestellt, in dem ich das ‚Interessante‘ ans Ende gesetzt habe, nur logisch!

In jedem Kriminalfall macht irgendwer irgendjemand anderem ein X für ein U vor. Denn was ist eine Lüge, ein Betrug sonst? Der Täter tut sich damit hervor im Vergleich zu den anderen Mitspielern! Da ich meinen Geschichten nicht vorgreifen möchte, präsentiere ich jetzt die Täter nicht auf einem Teller. Das verwahre ich mir für den Buchstaben Z, den Zusammenhang muss ich noch herstellen. Aber das bekomme ich schon hingebogen. Sollte der Bogen überdurchschnittlich absurd oder skurril sein, werde ich das kommentieren, denn meine Leser sind mittlerweile doch gewohnt, dass ich stets und ständig alles mit Anmerkungen versehe, was ich schreibe. Ohne den/die Mörder/Mörderin/Mörderinnen[*] zu kennen, gibt es genug Personen in den drei möglichen Erzäh-

---

[*] Ist das nicht wunderbar im Klang und so einfach und glatt zu lesen? Jaja, ich kann auch politisch korrekt!

lungen, die hier die Pate stehende Redewendung praktizieren.

Der Cedric-Beyer-Fall

Die diversen Liebesgeschichten, die sich hinter dem Rücken des zukünftigen Ex-Partners abspielen, sind solche Xe, es sei denn, (Ehe-)Partner führen eine offene Beziehung. Den Glauben an das Funktionieren einer solchen halte ich persönlich übrigens für Blödsinn, Ausführungen dazu sollte ich mir für eine Liebesgeschichte aufbewahren.

Da ist einmal Kirstin, deren X im Leben Naomi ist. Vorgestellt als Cedrics Tochter, entpuppt sie sich als außereheliches Kind. Es lohnt durchaus, einen Blick auf Kirstins Liebesleben zu werfen. Bei Beyers daheim lief es nicht schlecht, aber Liebe ersetzt dann im Laufe der Jahre häufig die Lust oder wenigstens einen Lustteil. Dann war da diese Nacht, es regnete, nein: Es schüttete. Kirstin war auf dem Rückweg von einem Theaterbesuch mit zwei Freundinnen. Sie trällerte fröhlich vor sich hin, das Stück hatte ihnen gefallen, lustig, und sie hatten gelacht wie lange nicht mehr. Sie hatte als Einzige nichts getrunken, da war sie konsequent, wenn sie Autofahren musste. Im Theater war ihr ein Mann aufgefallen. Mittelgroß, dunkelhaarig, dunkelbraune, fast schwarze Augen. Aufmerksam geworden auf ihn war sie, weil sich ihre Wege mehrfach kreuzten und er sie ... intensiv ansah.

Auch ihre Freundin Britta hatte das schon bemerkt und sich darüber amüsiert. Der Theaterbesucher trug einen dunkelblauen Anzug, ein hellblau-weiß gestreiftes Hemd ohne Krawatte, der oberste Knopf stand offen. „Ein eher lockerer Typ", dachte Kerstin. Außerdem fiel ihr auf, dass der Anzug perfekt saß. Eine gute Figur, keine Frage. Obwohl sie darüber sinnierte, ob er wohl Storchenbeine habe oder gut geformte Bein, wo nicht die Waden schmal waren wie die Handgelenke einer zierlichen Frau. So etwas wird von Anzügen verborgen. Dann aber schalt sie sich selbst wegen dieser albernen Gedanken und vergaß den Mann wieder. Jetzt, wo sie auf der Rückfahrt war, fiel er ihr jedoch erneut ein. Der hatte schon was ...

Der Regen peitschte gegen die Scheiben, als sie am Straßenrand eine Figur sah. Da stand jemand neben einem Wagen (die Marke war ihr kein Begriff, sie kannte sich da nicht so gut aus), ein Warndreieck war aufgestellt. Der Mann winkte, offensichtlich brauchte er Hilfe. Nun hatte Kirstin genug billige Filme gesehen, um zu wissen, was ihr drohen könnte, wenn sie jetzt anhielte. Raub wäre nur das Mindeste! Trotzdem drosselte sie die Geschwindigkeit. Hatte der Mensch kein Handy, um sich Hilfe zu holen? Sie fuhr langsam an ihm vorbei und sah dann im Licht der Scheinwerfer, dass es sich genau um jenen Theaterbesucher handelte. Sie überlegte. Zwar ist ein Theaterbesuch keine Garantie dafür, dass jemand ein braver Bürger fern jeder kriminellen Veranlagung ist. Aber irgendwie dachte sie, wie furchtbar das ist, wenn man so im Regen steht, wer weiß wie lange. Also schlug sie spontan an der nächsten kleinen Kreuzung einen Haken mit dem Wagen und fuhr zurück, drehte die Scheibe herunter und rief über die Straße: „Kann ich Ihnen helfen?" Der Unbekannte kam auf ihren Wagen zu, das Wasser lief ihm aus den Haaren, von der Nasenspitze, vom Hemdkragen, von der Anzugjacke. Er war nicht ganz so jung, wie sie erst den Eindruck gehabt hatte, maximal fünf bis zehn Jahre jünger als sie.

„Danke, dass Sie anhalten! Mein Wagen ist liegengeblieben, ich bin wohl über etwas Scharfes oder Spitzes gefahren und habe dummerweise meinen Reservereifen nicht dabei. Außerdem klemmt mein Verdeck, ich kann nicht einmal im trockenen Wagen Schutz suchen. Und mein Handyakku ist – wie kann es anders sein – auch leer." Sie nickte, kein angenehmes Schicksal. Aus dem halbgeöffneten Fenster fragte sie: „Wie kann ich Ihnen helfen?" Er blickte sehnsüchtig in den trockenen, warmen Wagen. „Nun, vielleicht für mich beim ADAC anrufen?" Sie nickte nochmals, überlegte kurz und lud ihn mit einer Handbewegung ein, sich doch in ihr Auto zu setzen. „Ich werde komplett ihren Sitz durchfeuchten." Sie griff eine Plastiktüte mit CDs von der Rückbank, schüttelte die CDs heraus und legte die Tüte auf den Sitz. „Schon okay, steigen Sie ein." Dann gab sie ihm ihr Handy, er rief den ADAC an.

Er legte das Telefon vorne auf die Ablage, starrte in die dunkle Nacht. „Vor zwei Stunden ist nichts zu machen, die haben alle Hände voll zu tun bei dem Wetter." Irgendwie hatte Kirstin heute Lust, aus der Routine auszubrechen. Sicher wollte sie nicht zwei Stunden hier im Auto herumsitzen. Da die ‚Gelben Engel' zeitig genug anrufen, bevor sie eintreffen, schlug sie vor, dass sie zusammen in der Nähe eine Kneipe suchen, die noch geöffnet hatte. Anschließend würde sie ihn rechtzeitig zum Wagen zurückbringen. Sie selbst rief zu Hause an, um der Familie Bescheid zu geben, warum sie deutlicher später zurückkehren werde. Cedric war noch im Büro, sein Handy ausgeschaltet wie immer. Elaine hörte wohl wieder zu laut Musik, also hinterließ sie eine Nachricht auf dem Anrufbeantworter.

So hatten die beiden zwei Stunden, um Smalltalk zu machen. Erst einmal stellte sich ihr neuer Bekannter als Marc Garcia vor. Wie sich im Gespräch herausstellte, mit spanischen Vorfahren, was das Aussehen erklären würde.

Die zwei Stunden vergingen, wie es so schön heißt, wie im Flug und beide erzählten sich bald Dinge, von denen sie nicht gedacht hätten, dass sie diese einem Fremden anvertrauen würden. Und so war es nicht überraschend, dass sie sich für den nächsten Mittwoch verabredeten, vormittags um 11 Uhr.

Diese Begegnungen waren intensiv und leidenschaftlich von beiden Seiten. Marc war wie Kirstin verheiratet, für beide war es nie eine Frage, dass keiner von ihnen seine Ehe riskieren wollte. Doch bei aller Faszination war nach einem halben Jahr die Luft raus. Das Geheimnisvolle hatte seine Attraktion verloren und so trennten sie sich, nicht ohne dass es noch einige hässliche Szenen gegeben hätte, als Marc versuchte, sie zu erpressen. Auch das verlief zum Glück ohne Konsequenz. Die einzige Konsequenz war Kirstins Schwangerschaft, die sie aber erst bemerkte, als sie sich schon drei Wochen getrennt hatten. Sie hatte keine Ahnung, wie das hatte passieren können, sie hatten stets verhütet. Irgendwann musste es dummerweise eben doch passiert sein. Sie hatte Zeit genug, um die frühe Schwangerschaft vor Cedric zu verbergen, der sich nur über ihre neue Begeisterung für ihr Liebesleben wunderte. Später dann war es ganz einfach: Naomi kam eben einige Wochen zu früh auf die Welt. Das kommt immer wieder vor. Marc erzählte sie niemals von der Tochter, wozu auch? Zum Glück war Cedric optisch ebenfalls eher der dunkle Typ, sodass gar kein Verdacht aufkam. Und sie hatte außerdem Glück, dass Naomi ihr mit jedem Jahr ähnlicher sah.

Unvermeidlich stieß die Polizei bei ihren Recherchen auch auf diesen Fall. Marc Garcia war mittlerweile geschieden, geschäftlich am Ende, das heißt, er war pleite. Insoweit die Frage: Hatten Kirstin und er wieder etwas miteinander? Finanziell wäre es sicherlich für ihn verlockend gewesen. Allerdings hatte er ein unwiderlegbares Alibi.

Der Fall Mustermann

Das größte X hat hier Ferdo seiner Elsie vorgemacht. Er hatte ihr nichts von seinen Vorstrafen erzählt, wozu auch? Er war jetzt cleverer als früher, das würde ihm nicht mehr passieren, dass sie ihn einbuchteten. Warum also die süße Elsie nur beunruhigen? Wenn sie über die Vergangenheit sprachen, erzählte er ihr davon, dass er jahrelang zur See gefahren war. Daher auch die eigenartigen Tätowierungen, grober als sie heute modern sind. Elsie war total verliebt und bezweifelte damals keine seiner Geschichten. Ferdo war muskulös und, wenn man nicht unbedingt Intelligenz in einem Gesicht sucht, ein gut aussehender Mann, was Elsie sehr beeindruckte. „Er strahlt so eine totale Männlichkeit aus", schwärmte sie ihren Freundinnen vor. „Fast animalisch", kicherte sie, weil sie stolz war, dieses Fremdwort aus einem ihrer billigen Kitschromane aufgeschnappt zu haben. Elsie selbst war eine attraktive junge Frau, ein bisschen kess, was vielen Männern gefällt. Ein bisschen, ein klein bisschen fülliger, als es dem Modeideal entspricht, aber durchaus nach Ferdos Geschmack. So lief das Verhältnis für beide Teile zufriedenstellend, zu Beginn rein über die körperliche Schiene. Bis Ferdo eines Tages merkte, dass Elsie mehr war für ihn als ein – wie er es im Gefängnis als Ausdruck kennengelernt hatte – Abspritzpuppe. Auch Elsie wurde von ihren Freundinnen ausgelacht, weil sie offenbar richtig in diesen Ferdo verschossen war. Eine Freundin sagte einmal: „Für den Typen würde Elsie alles machen!" Was wir dahingestellt sein lassen. So war es unvermeidlich, dass die beiden sich eine Wohnung teilten. Das stellte erst für Ferdo ein kleines Problem dar. Denn gewisse Gegenstände konnte er kaum in dieser Wohnung aufbewahren. Nicht nur, weil 45 Quadratmeter recht wenig sind, sondern auch weil das Elsie mit der Nase auf die Wahrheit stoßen könnte. Das Problem löste er, indem er eine Garage in der Nähe anmietete. Von der wusste Elsie nichts.

Ab und zu hatten die beiden richtig Zoff, aber mittlerweile waren sie drei Jahre zusammen und keiner von beiden wollte an eine Trennung denken. Dafür lief das alles viel zu gut. Ferdo ging keiner geregelten Arbeit nach und Elsie hatte sich abgewöhnt, zu fragen, wo denn das Geld herkäme. Manche Monate mussten sie ausschließlich von ihrem kleinen Einkommen leben, während Ferdo in anderen Monaten nur so mit den Scheinen um sich schmiss. Sie versuchte, ihn immer dazu zu bewegen, doch ein wenig auf die Bank zu bringen, was unvermeidlich zu Streitigkeiten führte. Also unterließ sie das schließlich.

Gelegentlich fragte er sie nach ihren Arbeitsstellen, das Hause Mustermann schien ihm besonders interessant. Darüber wunderte sich Elsie auch nur geringfügig und sah das als Beweis dafür, dass Ferdo eben alles über ihren Alltag wissen wollte. Ein Kompliment, ohne Zweifel.

Herr Mustermann hatte in den letzten Jahren dreimal die Polizei im Haus, weil eingebrochen worden war. Er war sich der Tatsache bewusst, dass dies statistisch deutlich über dem Durchschnitt im Vorort lag, konnte es sich aber nicht erklären. Drei Einbrüche, gestohlen wurden Bargeld, kleinere Schmuckstücke und Wertgegenstände. Einmal, ärgerlich, sein neues Smartphone, dass er gerade mit viel Aufwand neu auf seine Bedürfnisse eingerichtet hatte. Nach dem ersten Einbruch durch die Terrassentür hatten sie diese absichern lassen. Auch ein Kellerfenster wird gern vergessen. Oder die Familie war sich nicht hundertprozentig sicher, ob nicht doch eines der Kinder ein Fenster auf schräg hatte stehen lassen, bevor sie alle gemeinsam den Tag in einem Freizeitpark verbrachten oder die Großmutter besuchten.

Im Zuge der Ermittlungen kam unvermeidlich Ferdos Vergangenheit ans Licht. Da war es nicht schwer, einen Zusammenhang zu sehen. Elsie wurde befragt.

Sie war fassungslos, wollte es erst gar nicht wahrhaben. Dennoch – sie war sich sicher, dass Ferdo jetzt ‚sauber‘ sei und bestimmt nicht bei ihren Arbeitgebern eingebrochen hätte. Er liebte sie doch, das würde er ihr nicht antun! Auch wenn sie es sich nicht erklären konnte, warum Ferdo seit zwei Tagen wie vom Erdboden verschluckt war. Ihr grenzenloses Vertrauen war allerdings etwas angeknackst. Postbote Martin hatte Wind von der Garage bekommen und sprach mit Cornelius Hellerwiesen darüber. Sie nahmen sich Ferdo vor, stellten ihn zur Rede. Er war nicht bereit, nicht einmal unter Druck, sie einen Blick in die Garage werfen zu lassen. Ferdo geriet somit in den Kreis der Verdächtigen (was ich jetzt aber nicht bei V nachtrage). Elsie eilte nach der polizeilichen Befragung nach Hause, verzweifelt. Sie nahm sich einen Schokopudding mit Sahne aus dem Kühlschrank, immer ein probates Mittel, Verzweiflung, Ärger und andere missliche Stimmungen zu bekämpfen. Wenn es schwerer Kummer war, mussten auch schon mal zwei oder drei Becher geleert werden. Heute waren es vier.

Am Abend saß sie auf dem Sofa, ungewiss, was ihre Zukunft bringen würde und was sie von Ferdo denken sollte. Da drehte sich plötzlich der Schlüssel im Schloss, leise schlich Ferdo in die Wohnung. Er hatte sich umgesehen, niemand beobachtete ihn, kein verdächtiger Lieferwagen.

„Bitte, Elsie, denke nichts Falsches von mir!", waren seine Worte, als er in das Wohnzimmer trat. Er setzte sich neben seine Elsie auf das Sofa, nahm sie in den Arm. Seine Freundin war steif wie eine Kerze, weinte in seine Jacke: „Du hast mir die ganze Zeit ein X für ein U gemacht". Das „vor" fiel unter den Tisch. Ferdo wollte gerade seine Jacke ausziehen und etwas zu seiner Verteidigung hervorbringen, als die Polizei an die Türe hämmerte und diese schließlich mit brachialer Gewalt eintrat. Ferdo war nun Hauptverdächtiger, er rief Elsie noch zu „Ehrlich, Mausi, ich war das nicht!", und sie rief zurück: „Ich besuche dich, sobald ich kann!" Mag sein, dass er geklaut hat, dachte sie, aber ein Mörder kann er nicht sein. Viel zu liebevoll ist er doch immer zu mir. Wobei das kein echter Maßstab war, denn liebevolles Verhalten kannte Elsie nur aus ihren Romanen.

Manfred Kleinhaus – der einfache X-Fall

Herr Kleinhaus hat in den letzten Wochen vielen Menschen ein X für ein U vorgemacht, allen voran seiner Frau Elke. Aber auch der Steuerfahndung, der Verkehrspolizei, dem Bestatter usw. Da gibt es nichts mehr hinzuzufügen.

Y wie Yakuza, Yacht oder Yucca-Palmen

Die Yakuza passt als mafiöse Gruppe wunderbar in jede spannende Story. Zwar sind Fundstellen im Internet über Aktivitäten der Yakuza in Europa und erst recht in Deutschland rar, aber ein Roman ist eben ein Roman und kann auch ausbauen, was gar nicht sicher vorhanden ist.

Yakuza, von offiziellen Stellen [...] gewalttätige Gruppe(n) genannt, ist der Oberbegriff für japanische kriminelle Organisationen, deren Geschichte einige Jahrhunderte zurück-reicht. Sie werden in verschiedene rivalisierende [...] Banden eingeteilt und die ausländische Presse bezeichnet sie manch-mal auch zusammenfassend als „japanische Mafia".

[...] Traditionell ist die Yakuza in die Glücksspiel- und Unter-haltungsindustrie involviert, heute zunehmend auch in anderen Bereichen. Die moderne Yakuza hat ihren Wirkungskreis bis hin zur Einflussnahme auf Finanzmärkte und politische Korruption ausgedehnt. Sie hat auch bereits versucht, Einfluss auf politische Wahlen zu nehmen, indem Kandidaten zunächst finanziell oder mit „Dienstleistungen" unterstützt wurden, wofür nach der Wahl Gegenleistungen fällig werden sollen.

Daneben betreibt die Yakuza weiterhin Schutz für „tradi-tionelle" Mafia-Aktivitäten wie Prostitution und Menschen-handel, [...und] Glücksspiel. Zunehmend auch für Drogen-handel, der teilweise durch Yakuza selbst betrieben wird. Ein Schwerpunkt sind legale und illegale Inkasso-Geschäfte. [...] Dazu kommen Kreditvergabe (zu überhöhten Zinsen) und teils komplizierte Verschleierungen von Vermögenswerten im Vor-feld einer Insolvenz.[*]

Und ein weiteres Zitat:

Die Yakuza, die japanische Mafia, geht typisch japanisch leise Wege. Sie ist eine Mafiaorganisation mit großen Zukunfts-perspektiven, weil sie kaufmännisch, strategisch und auch politisch mit Kalkül ihre Macht still kundtut, die beeindru-ckend ist. Nicht nur die Politik wird wirkungsvoll beeinflusst,

---

[*] Wikipedia

ebenso japanische Konzerne weltweit bei ihren Entscheidungsfindungen. [...] Das „Alltagsgesicht der Yakuza" ist vielfältig, die auch schon in Europa und in Deutschland Fuß gefasst hat.[*]

Geschichte Nummer Eins bietet verschiedene Anhaltspunkte, die Yakuza einzubeziehen. Da sind einmal die Juwelen, die bei Cedrics Leiche nicht mehr gefunden werden. Hatte sich Cedric mit der japanischen Mafia eingelassen und dann zusätzlich versucht, auf eigene Faust Geschäfte zu machen? Da die Yakuza als äußerst gewalttätig gilt, könnte die Doppeltötung eine Drohung für andere Abtrünnige sein. Eine solche Abschreckungsmaßnahme fand ich nirgendwo belegt. Ich würde das also quasi erschaffen. Jan Frederick hat sich in seiner Abschlussarbeit in der Polizeischule[**] ausgiebig mit mafiösen Strukturen und den Unterschieden zwischen der italienischen Mafia, den chinesischen Triaden und eben der japanischen Yakuza beschäftigt. Er kommt aufgrund der doppelten Tötungsart als erster auf den Zusammenhang mit der Yakuza. Allerdings lässt ihn der malaysische Dolch lange Zeit an dieser Verbindung zweifeln. In ausgiebigen Gesprächen mit Nurul erfährt er von der malaysisch-japanischen Schiene. Sollte die Yakuza hier

---

[*] https://www.kriminalpolizei.de/themen/kriminalitaet/detailansicht-kriminalitaet/artikel/der-januskopf-der-japanischen-mafia-yakuza.html (11.10.2017):

[**] Falls da so etwas geschrieben werden muss – wenn nicht, werden sich eben alle Polizeischulabgänger in Horden erbost über mich hermachen, was herrliche negative Werbung ist.

wichtig sein, wird sie Nurul nun umbringen oder umbringen wollen, weil sie zu viel geplaudert hat. Andererseits ist so eine Organisation als Mordbeauftragte eher langweilig. Insoweit, ja, Yakuza wird eingebaut, schon wegen der Diamanten, aber wird nicht schuldig am Tod von Cedric sein. Es ist durchaus reizvoll, eine längere Passage über die japanische Mafia einzubauen. Das bildet, vor allem mich, weil ich mich dann doch intensiver im Internet durch diverse Quellen arbeiten muss. Theoretisch könnte ich mir auch ein Buch zum Thema ausleihen, aber meine Leser wissen es schon: Das würde in trockene Recherchearbeit ausufern.

Der Kontakt der Yakuza mit der Familie Mustermann erfolgt über den drogenabhängigen Johnny Schwesig. Drogen und Mafia – das gehört zusammen. So wäre nachvollziehbar, dass Johnny sich durch eine Mutprobe bei der Yakuza beweisen will. Das ist eine etwas kindliche Sichtweise, werden meine Leser das verdauen? Die Mutprobe besteht darin, zwei schlafende Kinder zu ermorden. Dann überkommt ihn der Blutrausch ... Mir gefällt das nicht. Das liest sich für mich, auch wenn ich mir selbst gegenüber tolerant bin, nach ‚an den Haaren herbeigezogen‘. Falls Johnny in den Kreis der Verdächtigen gerät – was er sicher tut, denn ich habe ihn dorthin gestellt – so werden Kontakte zu den Yakuza plausibel. Gewissermaßen als Randgeschichte. Ein paar japanische Zitate sind überzeugend. Diese kann der Google-Übersetzer sicher mittlerweile weniger lächerlich liefern, als in anderen Fällen, wo sonst Fremdsprachen in Büchern auftauchen (das habe ich weiter oben ausführlich beschrieben). Johnny ist ja so ein menschliches Wrack und Schwein, sodass wir uns problemlos vorstellen können, wie die geschniegelten japanischen Yakuza-Bosse sich angewidert von ihm abwenden, innerlich und formal. Eine Möglichkeit, nicht zwingend. Auf jeden Fall bringen die Yakuza in dieser Geschichte mehr Farbe ins Geschehen als die drei Yucca-Palmen im Wohnzimmer der Familie Mustermann. Die KT stellt immerhin fest, dass diese Pflanzen erst nach dem Massaker gegossen wurden. Mörder und Tierliebhaber in einer Person sind bekannt, warum nicht zur Abwechslung ein Mörder mit Pflanzenpassion?

Manfred Kleinhaus, der Versicherungsbetrüger, hatte mehrere Lebensversicherungen abgeschlossen, denn welche Versicherung zahlt im Todesfall eine Summe von zig Millionen Euro aus? Das mag es wohl geben, aber kaum, wenn der Versicherungsnehmer ein ehemaliger Lehrer mit verkrachter selbstständiger Existenz ist. Anders lässt es sich nicht erklären, wie er mit etwa einer Million allein nur das finanziert, was man an Spuren von ihm findet. Der falsche Tod hat ihn sicher einiges gekostet, der Aufbau eines neuen Lebens in Südamerika sollte prachtvoll erfolgen – sonst hätte er gleich zu Hause bleiben können. Und dann diese elegante Yacht, die an einem italienischen Hafen liegt, bereit nach Brasilien aufzubrechen. Das wäre mit einer normalen Lebensversicherung kaum zu bezahlen, wenn auch das Leben nach der Flucht von Luxus gekennzeichnet sein soll. Yachten kommen eben gerne in Geschichten vor. Schlagzeile in einer fiktiven Zeitschrift: „Yakuza verstecken Yucca-Palmen auf einer Yacht". Wie sich das jetzt mit dem Versicherungsbetrug kombinieren lässt, weiß ich nicht. Oder: Nadine liest diesen Text in einer Anzeige und fühlt sich an irgendetwas erinnert, sie weiß aber nicht genau an was. Sie schneidet die Anzeige aus und nimmt sie mit in das Café, in dem sie mit Caesar verabredet ist. Da die beiden sich beobachtet fühlen, wechseln sie ihre Treffpunkte. Während Nadine sich über den Tisch beugt, um Caesar den Zeitungsausschnitt zu zeigen, streifen ihre Haare unabsichtlich seine Wange. Caesar hegt mittlerweile alles andere als mittelmäßige Gefühle für Nadine und fühlt sich wie vom Blitz eher als von einer wohlduftenden Haarsträhne getroffen. Daher hört er ihr erst gar nicht richtig zu, sie muss es wiederholen, die Beschreibung ihres komischen Gefühls, als sie die Anzeige las. Doch dann wird er wieder ernsthaft. Während sie zusammen über den Tisch gebeugt sind, kommt es gelegentlich zu leichten Berührungen, die Beide – für den Beobachter – sichtlich genießen, aber dann doch im Moment nicht weiter verfolgen, weil sie sich des anderen nicht hundertprozentig sicher sind. Eindeutig ist allerdings, dass dieser Satz eine Chiffre darstellt. Ich muss noch daran arbeiten, wieso sich überhaupt ein Zusammenhang mit Manfred Kleinhaus herstellen lässt. Eine Möglichkeit: In einem Postfach auf den Namen Johannes Schmitz hatten Caesar und Nadine Zeitungen entdeckt, aus denen Buchstaben ausgeschnitten worden waren. Erst hatten sie überlegt, ob dies einem Erpresserschreiben dienen sollte. Dieser Verdacht legte sich erst, als sie in einer theoretischen Abhandlung lasen, dass diese Art von Erpresserschreiben praktisch nur in Kriminalromanen vorkommt. Aufgefallen war den beiden, dass die Statistik der Buchstabenhäufigkeit von ausgeschnittenen Buchstaben zu normalen Texten auseinanderklaffte, es fehlten zu viele Y in den Zeitungsüberschriften. Was aber wollte Manfred alias Johannes mit dieser Anzeige sagen und vor allem: Wem? Heute wird doch kaum noch über Anzeigen kommuniziert. Nicht nur die Liebesuchenden tummeln sich im Internet, alles wird heute über das Internet gesucht und gefunden. Damit ich auch in dieser Variante meine Wikipedia-Recherchen nutzen kann (mindestens eine halbe Seite füllen!), muss noch eine Verbindung her zwischen dem Code-Satz und dem Wiki-Artikel über die Yakuza. Dieser gesuchte Zusammenhang bedeutet erneut eine Denksportaufgabe für Caesar, Nadine und last but not least die Leser. Dies bereits hier und heute herzustellen, würde den Rahmen dieses Alphabets sprengen. (Juchuu, endlich konnte ich den fast gesprengten Rahmen in ein Schriftstück einbauen.)

Z wie Ziel und Zielgerade

Zur Debatte standen ferner: zappenduster, politisch völlig inkorrekte Zigeuner, Zerwürfnis, Zufall und Zoo. Da ich A für Anfang gewählt habe, das Ende aber leider nicht Zende heißt, war ich heilfroh, als mir Ziel und Zielgerade einfielen.

Jede Geschichte hat ein Ziel. Das kann eine Moral, eine lehrreiche Botschaft, ein heiteres Element zum Schmunzeln, eine inspirierende Handlung zum Träumen oder ein emotionales Element zum Weinen sein. Beim Krimi erwarte ich eine Auflösung. Und deshalb lese ich persönlich das Ende eines Kriminalromans immer zuerst (mit z). Sollte sich dabei herausstellen, dass das Ende offen ist, unterlasse ich die Lektüre des Buchs. Das ärgert mich, weil ich dann immer das Gefühl habe, der Autor hat sich in seiner eigenen Geschichte verheddert, kein ordentliches Ende mehr zustande gebracht und gedenkt sich so, geschickt aus der Affäre zu ziehen. Nicht so mit mir! Was mich selbst ärgert, mute ich genauso wenig meinen Lesern zu.

Lösung A

Lösung A ist der Fall, in dem der Täter – ein Sympa-thieträger – straflos entkommen kann. Da sei schon angemerkt, dass dies nur für den Fall Manfred stehen könnte – der mimt dann zweimal seinen Tod. Der Grund für das zweite Mal ist, dass er mitbekommt, dass man dabei ist, die Tat aufzudecken. Mörder sind nie Sympathieträger, daher entfallen Fall Beyer und Mustermanns für diese Variante. Wir sehen hier Man-fred am Ende des Buchs am Strand in Rio auf einer Liege, einen Fruchtcocktail in der Hand.

Lösung B

Bei Lösung B stammt der Täter aus der Reihe der Ver-dächtigen oder zumindest ist er wohlbekannt, und er wird anhand einer Indizienkette überführt und gesteht schließlich zur Zufriedenheit aller.

Lösung C

Lösung C ist ein Überraschungstäter, der erst drei Sekunden vor Auflösung des Falls in die Geschichte eingeführt wird – ein alter Schulfreund von Cedric Beyer, ein wahnsinniger Amokläufer aus Amerika bei Mustermanns und eine unbekannte Tochter von Man-fred Kleinhaus. Da fühle ich mich ein wenig an der Nase herumgeführt. Mein Gedankengang: Es ist dem Autor bei dieser Lösungsart nicht gelungen, einen lo-gischen roten Faden durch sein Werk zu ziehen. Halt, genau das ist es doch, was ich will! Nämlich möglichst Denkaufwand vermeiden?

Für meine Lösung C-1 muss der Krimi (nicht das Alphabet) noch nachträglich ein wenig modifiziert werden. Boris als Zweittäter kommt nicht in Frage. Auch der Johnny-Teil wäre zu überdenken. Ebenso die Bedrohung von Elaine, das ist nicht passend. Das Grandfinale steht im fertigen Krimi, nicht bei Z. Wenn er jemals geschrieben wird.

Lösung C: Ausführung

Manfred Kleinhaus hatte seine Schachzüge geschickt geplant: den eigenen Tod, das Herumschieben der Gelder, alles an seiner Elke vorbei. Mit ihr war er achtzehn Jahre verheiratet, die Ehe blieb kinderlos. Elke war okay, wenn sie ihm auch in letzter Zeit ein wenig auf den Nerv ging. Dann traf sie plötzliche Entscheidungen, was früher gar nicht ihre Art war. Oder sie konnte sich so richtig in Rage reden. Zu Beginn ihrer Ehe hatte sie Schmetterlinge und Spinnen, die sich ins Haus verliefen, in einem alten Glas eingefangen und vorsichtig durchs Fenster ins Freie entlassen. Heute warf sie mit Schuhen nach den unschuldigen Insekten. Einmal kam er in die Küche, als sie mit wutverzerrtem Gesicht einen Käfer zertrat. Er rief entsetzt: „Elke, was ist denn los?" Da ließ sie von dem zermatschten Käfer ab, schaute hoch und ihr Ausdruck veränderte sich wieder. Leise sagte sie: „Tut mir leid, Manfred, aber das Tier wollte gerade in meine Schublade mit Mehl- und Zuckervorräten kriechen." Dabei hatte sie Tränen in den Augen. „Nicht mehr ganz dicht, die Olle", dachte er so manches Mal. Sie lebte teils in ihrer eigenen Welt. Insoweit wäre das gar nicht so schlimm, wurde ihm klar, wenn er erst einmal offiziell für tot erklärt würde.

Seine Elke war ein wenig einfältig und das war sie immer schon gewesen. Das hatte anfangs auch Teil ihres Charmes für ihn ausgemacht. Sie folgte allem, was er sagte, mit Aufmerksamkeit, ihre großen grauen Augen fest auf ihn gerichtet. Manchmal flüsterte ihr Mund die Worte mit, die er aussprach. Das war ihre Art zuzuhören. Und wenn eine Frau noch jung und dazu recht hübsch ist, kann das schon seine Wirkung haben. Sie war ein ansehnliches Persönchen, sie hatten ähnliche Interessen und im Frühjahr vor achtzehn Jahren hatte es dann geklickt. Seine Freunde hatten ihn darauf aufmerksam gemacht, dass sie nicht die Hellste war, aber das wies er immer zurück. Stille Wasser und so weiter ... Er hatte keine Ahnung, warum sie jetzt so merkwürdig gekippt war. Es hatte vor fünf Monaten angefangen. Nun gut, er zuckte die Schultern, dann würde der Abschied umso leichter.

Er besuchte seine eigene Beerdigung, versteckt und verkleidet. Elke stand am Grab, Tränen liefen ihr über das Gesicht. Sein schlechtes Gewissen rührte sich ein wenig, dass er ihr so gar keine gesicherte

Zukunft zurückließ. Nun ja, eine kleine Witwenrente würde sie schon bekommen aus seiner Zeit als Beamter. Zumindest den Teil, den er nicht für den Aufbau seines Autoimperiums verwendet hatte.

Alles klappte wie geplant. Er wohnte unter einem falschen Namen in dem kleinen Haus am See in der Einsamkeit. Spaziergänger kamen vorbei und kümmerten sich kaum um den unscheinbaren Mann, der ihnen aus zahnlosem Mund zulächelte. Ach, würde er froh sein, wenn er diese Zahnschablone nicht mehr tragen müsste. Er machte lange Wanderungen, genoss die Zeit, bevor der Tag kommen würde, an dem er sich Richtung Brasilien aufmachen würde. Erst würde er aber nach Italien zu seiner Yacht reisen. Von da aus Stück für Stück durch die Welt bis zu seinem Ziel. Dann würde er eine richtige Familie gründen. Davon träumte er.

Am Abend vor seiner Abreise nach Genua machte er noch einmal einen langen Spaziergang. Es war ein eindrucksvoller Abend. Er blieb, bis die Dämmerung über den Horizont kam. Würde er dies alles vermissen? Aber gut, wer nicht wagt, der nicht gewinnt. Er kehrte zum Haus zurück. Er musste noch alles gründlich reinigen, um keine Spuren zu hinterlassen, auch wenn er die ganze Zeit äußerst vorsichtig gewesen war. Wie immer, zog er sich Handschuhe über, bevor er auch nur die Klinke der Haustür berührte. Er sah sich um, irgendetwas war anders als sonst. Er

182

schaute sich ein zweites Mal um, da war nichts. Er öffnete die Tür und erstarrte. Vor ihm stand Elke! Wie um Himmels willen hatte sie das herausgefunden, sie war doch viel zu simpel für solche Sachen. Ihr Gesicht war glatt und ihr Blick leer, bis er sie ansprach, eher anstotterte: „Äh, Elke, lass mich erklären ..." Weiter kam er nicht. Er sah nur noch, wie sich ihr Gesicht plötzlich rötete, vor Wut verzerrt, sie hinter sich griff und dann hörte er das Zischen der Brechstange. „Ich hätte gar nicht vermutet, dass sie so viel Kraft hat!" – hätte er gedacht, wenn er mit dem, was einst sein Gehirn gewesen war, noch hätte denken können.

Elke räumte bedächtig alles auf und weg, was Spuren hinterlassen könnte, die auf sie oder Manfred verweisen könnten. Sein Auto hatte sie schon an einer passenden Stelle in den See gefahren. Jetzt kam der schwierige Teil. Manchmal staunte sie selbst, wie viel Kraft und Stärke sie hatte. Sie wickelte ihren Mann in drei Plastikplanen, dann steckte sie ihn in eine große Plastiktüte, die sie vor fünf Monaten in einem Baumarkt erstanden hatte, als sie Manfred auf die Schliche gekommen war. Sie lächelte, wobei sie Zähne und Zahnfleisch bleckte. Es war anstrengend. Sie zerrte und zurrte, auch diesmal war sie wieder selbst erstaunt über ihre schier unendlichen Kräfte. Ab mit ihm und in den See gerollt. Sie wischte ein letztes Mal die Türklinke mit ihrem Tuch ab, nahm die Brechstange, wischte sie ebenfalls ab und vergrub beides in dem

Waldgelände hinter dem Haus, weit entfernt von dem kleinen Garten. Dann ging sie den langen Weg zu ihrem Fahrrad, das sie an der anderen Seite des Sees abgestellt hatte. Vorsichtig stellte sie es zu Hause in den Keller. Sobald die Reifen komplett abgetrocknet waren, würde sie mit einer Bürste die Erdreste entfernen und diese irgendwo entsorgen. Sie hatte ihre Schularbeiten sorgfältig erledigt!

Mit einer Tasse Tee und ein paar Reiswaffeln setzte sie sich an den Esstisch. Vernünftig Essen unterstützt die Fitness, das hatte sie gelernt. Sie war zufrieden mit ihrem Tagwerk und schaute in die Leere, wo sie Dinge anstaunte, die außer ihr niemand sah.

Als Caesar und Nadine das Haus am See entdeckten, waren zwar keine offensichtlichen Spuren zu sehen, aber es war das einzige Haus, bei dem die Schilderung des Vermieters auf Manfred zutraf. Dann die Wasserleiche, die eindeutig diesen Weg unterstützte. Die beiden näherten sich mehr und mehr der Lösung.

Zwei Tage später stand Elke vor dem Spiegel. Sie gab ihr Geld nur sehr vorsichtig aus, aber dieser Body schmeichelte ihr so sehr. Sie dreht sich zur einen, dann zur anderen Seite. Heute würde sie ihn treffen. Ob es zu Intimitäten kommen würde, so gleich am ersten Abend? Keine Ahnung, aber sie wollte vorbereitet sein. Für ihr Alter, so fand sie, war sie eine attraktive Erscheinung. Ihr Dating Partner war auch schon über fünfzig. Sie hoffte, dass ihre Einschätzung des Alters am Telefon korrekt war. Sie hatte weder Lust auf einen unbedarften Zwanzigjährigen auf Abenteuersuche noch auf einen hilflosen Sabbergreis. Nee, sie schüttelte sich. Sie war, so fand sie selbst, durchaus nicht anspruchsvoll. So ein bisschen nett sollte er aber schon sein. Sie waren um achtzehn Uhr im Hotel am Wikingerplatz verabredet, sie hatte versprochen eine Diamantbrosche ans Revers ihres Kostüms zu stecken. Der Typ schien überhaupt total von Diamanten besessen zu sein, immer wieder brachte er das Gespräch darauf. Sie war ja gewohnt, langweiligen Monologen über Philosophie zu lauschen, das war endgültig vorbei. Edelsteine und ihre Entstehung sind deutlich faszinierender.

Sie war genau neunzehn Minuten zu früh. Sie kam gern früher, um einen Raum zu taxieren, die Mitmenschen abzuschätzen. Er hatte Tisch 6 reservieren lassen und sie war von seiner Wahl beeindruckt. Tisch 6 stand in der Ecke rechts gegenüber vom Eingang, man konnte zum Fenster herausschauen. Es gab eine Heizung in geringem Abstand, und locker geflochtene Bambuswände trennten den Tisch von den Nachbartischen. Jedes Mal, wenn sich die Tür zum Restaurant öffnete, klopfte ihr Herz. Würde er das sein? Würde er pünktlich sein? Das war ihr schon wichtig. Um fünf vor sechs ging die Tür abermals auf und sie wusste sofort – dieser Mann passt zu seiner Stimme. Er musste so um die Fünfzig sein, auch optisch, da hatte sie richtig getippt. Er war ein bisschen übergewichtig, aber das fand sie besser als ‚so ein dünnes Hemdchen'. Tolles, dichtes Haar. Sie fühlte in Gedanken schon, wie sie neben ihm saß und ihre Hand sich über die dunklen, glatten Strähnen arbeiteten. Doch, das war ein exzellenter Ausgangspunkt. Das Essen war okay, soweit sie das beurteilen konnte: Essen war ihr abgesehen vom Gesundheitsgehalt nie so wichtig. Der Tee war ordentlich aufgebrüht. Es war also nicht so eine Tasse mit vormals heißem Wasser, die minutenlang auf der Theke gestanden hatte, bevor ein Kellner einen Teebeutel daneben, wohlgemerkt danebenlegte. Nein, der Tee war gut, das Netz mit losem Assam war offensichtlich, das schmeckte sie, in kochendes Wasser gehängt worden. Ihr Gegenüber trank ein Glas Rotwein. Sehr gepflegt! Überhaupt war er ein gepflegter Mensch und sie konnte sich daher bestens vorstellen, wie er voller Lust ihren Body aufknöpfen würde. Ihre Tagträume trugen sie fast vom Tisch, sie musste vorsichtig sein. Sie kam zurück, zurück in ein Gespräch über Diamanten. War dieser Mann verklemmt? Sie hatte genug Filme gesehen, um zu wissen, was jetzt zu tun war, und so legte sie ihre Hand ganz leicht auf seinen Arm und schaute ihm tief in die Augen. Auch wenn sie es lieber andersherum gehabt hätte, war offenbar sie diejenige, die die Initiative ergreifen musste.

Er griff in seine Brusttasche und holte eine mit Steinen gefüllte kleine Plastiktüte hervor. Sie dachte erst, das sei ein Geschenk und fand das komplett unromantisch. Dann fing er wirklich an, von Ankauf, Verkauf und Einkauf zu sprechen, wobei er ihr langsam seinen Arm entzog. Aber das ganze Gerede von Diamanten war doch nur Tarnung, Gepläkel gewesen, um zur Sache zu kommen, nämlich ein kleines gemeinsames Abendessen und dann hemmungsloser Sex. Seit sie sechszehn war, hatte sie von hemmungslosem Sex geträumt und nun, nun da sie endlich alleinstehend und unabhängig war, wollte sie sich das gönnen. Sie starrte den Mann an, der mittlerweile etwas verunsichert auf seinem Stuhl hin- und her rutschte. Sie räusperte sich und platzte dann damit heraus, sie staunte selbst, wie sie über sich hinauswuchs, wobei sie ihre rechte Hand fest in seinen Oberschenkel krallte, bereit, sie weiter zur Seite zu schieben: „Wann fickst du mich, ich bin so heiß und nass, ich kann kaum noch warten!" Sie hatte sich solche Szenen zahlreich ausgemalt, auch diverse Varianten, wie es wohl weitergehen konnte. Mit dieser hatte sie nicht gerechnet. Cedric sprang förmlich mit dem Stuhl zurück, meine Güte, was wollte die aufgetakelte Alte denn jetzt von ihm? Ausgehungert sah sie aus, die Muskeln übertrainiert, diese Härte im Gesicht, nein, danke, selbst wenn er nicht die weiche, junge Sandra zu Hause hätte, nie und nimmer könnte er mit dieser

Frau etwas angefangen. Außerdem schätzte er diese grobe Ausdrucksweise bei Frauen nur im Schlafzimmer, oder wo immer man gerade Lust auf Sex hätte. Hier und von dieser Frau jedoch mit Sicherheit nicht. „Um Gottes willen, das wäre das Letzte, wonach mir jetzt wäre!"

Die Welt verschwamm vor Elkes Augen. Sie kniff sie zu Schlitzen zusammen, damit die Tränen blieben, wo sie sie haben wollte. Ihre Hände legten sich wie Krallen mit roten Spitzen um ihre Serviette und um seinen Arm. Ihr Atem kam keuchend vor Not. „Sie hinterhältiger geiler Bock, Sie, ich lasse nicht so mit mir spielen!" Cedric war etwas hilflos, so eine hysterische Sexbesessene war ihm in seinem Leben noch nicht begegnet. Er zog abrupt seinen Arm weg, sammelte seine Steine ein, warf sie in die Tüte, steckte diese hastig in seine Jackentasche und verließ kopfschüttelnd das Restaurant.

Elke saß wie angewurzelt auf ihrem Stuhl. Der Body kniff nicht mehr luststeigernd, sondern schmerzhaft. Wie konnte dieser Mann sich so danebenbenehmen? Dabei war sie ganz sein Typ, das hatte sie in seinen Augen gelesen, als er sie am Tisch gesehen hatte. Und jetzt so tun, als wollte sie ein paar Diamanten schwarz bei ihm kaufen. Für diese infame Beleidigung würde er bezahlen. Bezahlen? Er hatte noch nicht einmal die Rechnung beglichen. Sie rief den Ober herbei und hatte das Gefühl, alle Gäste und das gesamte Personal hätten ihr Gespräch und ihre Demütigung mitbekommen und würden kreischend über sie lachen.

Sie stürmte aus dem Restaurant, es war spät, es war dunkel. Sie hielt ihre Tasche fest unter dem Arm. Heute muss man vorsichtig sein, sagte sie sich immer wieder, weshalb sie stets eine Waffe dabeihatte. Sie hatte zwar keinen Waffenschein, aber dieses Teil hatte sie eines Tages im Park gefunden. Genau wie den Dolch mit diesem schön verzierten Griff. Wie in Trance stülpte sie Handschuhe über, reinigte Dolch und Pistole mit einem Taschentuch, das sie zwecks Faserspuren gleich in die nächste Abfalltonne warf. Nein, nicht die nächste, die drittnächste – dort, wo keiner mehr sucht. Sie war früh genug, um die Rücklichter seines Wagens zu sehen. Irgendwie hatte sie geahnt, dass er diesen Wagen fahren würde. Sie fuhr bis an den Ortsausgang, dort stellte sie ihn.

„Was bildest du dir ein, so mit mir zu reden?" Nun, sonderlich elegant war dieser Vorwurf nicht. Cedric war müde, er hatte keine Lust mehr auf weitere Obszönitäten oder Auseinandersetzungen. „Schauen Sie hier, wir duzen uns nicht, meine Frau wartet auf mich, ich bin's leid, bitte suchen Sie sich doch jemand anderes für Ihr irres Vorhaben." Elke warf den Kopf nach hinten, so redete man nicht mit ihr! Sie griff in Ihre Handtasche, Cedric wollte noch etwas sagen, da war es schon zu spät. Mit Kalkül, fand sie, stach sie außerdem zu. Wer käme schon auf die Idee, dass da ein ganz normaler Täter am Werk ist und nicht ein Irrer? Sie hatte viel Kraft, man würde sowieso eher einen Mann vermuten. Dann fiel ihr die kleine Plastiktüte ein. Das hatte der Mann ihr doch als Präsent mitgebracht, Geschenke nimmt man an. Sie griff in seine Jackentasche, ganz vorsichtig, damit kein Blutstropfen in die falsche Richtung floss. Eine kleine Trophäe. Leider konnte sie sie nicht rumzeigen, das wäre extrem unklug.

Es würde bald regnen, das lag in der Luft. Sie presste ihre Handtasche an den Körper und ging forschen Schrittes zur nächsten U-Bahn-Station. Sie hob den Kopf gegen den Wind, nein, laufen würde sie nicht – das wäre würdelos. Sie freute sich auf daheim, eine Tasse Darjeeling und ein paar getrocknete Feigen. Diese aus der letzten Lieferung waren so köstlich! In der Brieftasche hatte sie außerdem das Foto einer sehr jungen Frau gefunden. Kind oder Geliebte? Sie entnahm das Foto mit spitzen Handschuhfingern. Wie auch immer, Nachkömmlinge von solchem Abschaum und erst recht Geliebte haben kein Recht auf Leben. „Kein Recht auf Leben" war Elkes neuester Lieblingsausdruck. Sie teilte die Menschen, die ihr begegneten, in drei Gruppen ein: Die Guten, diejenigen, die ihr egal waren, und die, die kein Recht auf Leben hatten. Während sie wartete, dass der Tee abkühlte, knabberte sie kleine Bissen von einer Feige ab und starrte auf die Steine und das Foto, die nebeneinander vor ihr lagen.

Jan Frederick fiel als Erstem am Tatort auf, dass irgendetwas mit der Brieftasche nicht stimmte. Sie war prall gefüllt, mit Visitenkarten, Scheckkarten und zwei Bildern. Ein drittes Fotofach war leer ...

Elke sinnierte über die Gerechtigkeit in dieser Welt nach, ein Thema, über das sie oft beim Kaffeekränzchen mit ihren Freundinnen gesprochen hatte. In der Vergangenheit, weil sich die Freundinnen leider nicht mehr trafen, irgendwie hatten sie immer mehr Schwierigkeiten, einen gemeinsamen Termin zu finden. Sie sah nicht die Blicke, die die anderen sich zuwarfen.

Wie so oft stand Elke eines Tages wieder vor ihrem Spiegel. Sie dachte an den treulosen Manfred, den unangenehmen Fast-One-Night-Stand Cedric. Sie schaute sich an und dachte wieder einmal, wie top sie doch in Form war. Sie war mittelgroß, eher drahtig, kraftvoll. Sie erinnerte sich mit Wehmut an ihren glatten, kühlen Dolch, ihn hatte sie sorgfältig verbergen müssen. Niemand würde ihn finden. Heute Abend hatte sie eine neue Verabredung. Diesmal an einer Bushaltestelle, deutlich aufregender. Diesmal ein jüngerer Mann, warum auch nicht? Sie drehte sich noch einmal vor dem Spiegel, diese engansitzende Jeans konnte sie sehr wohl noch tragen.

Johnny freute sich ebenfalls auf das Treffen. Du bumst einmal so 'ne Olle, und schon gibt sie dir willig so viel Geld, wie du willst, für das du dir das Land deiner Träume kaufen kannst. Es wurde ein für beide wunderbar erfüllter Abend, Elke hatte Johnny sogar mit sich nach Hause genommen und damit eigentlich eine goldene Regel durchbrochen, die sie sich ausgedacht hatte. Sie lagen erschöpft nebeneinander, er rauchte einen Joint – heute mal harmlos, bloß nicht gleich Theater machen. Elke drehte den Kopf und sah ihn an. Nun gut, ihm fehlten ein paar Muskeln und ihr entgingen auch die Einstiche an den Armen nicht. Aber er hatte etwas, das sie endlos faszinierte. Sie verabredeten sich gleich für die nächste Woche.

Es waren ein paar grandiose Wochen, so auch Johnnys Meinung, und dies nicht nur wegen des Geldes, das er zugesteckt bekam. Nicht so viel, wie er sich gewünscht hätte, aber es reichte. Dafür genoss er den Sex mit einer älteren Frau. „Erfahrene Frauen haben was", so pflegte er seinen Kumpels zu erklären, „was du gar nicht beschreiben kannst, so viel Mut, so viel Keckheit, die sind so endgeil und ihnen ist fast alles egal." Er kicherte.

Manchmal schimpfte Johnny bei Elke über seine ‚reichen' Verwandten, die Mustermanns. „Widerliche Leute, spenden jedes Jahr reichlich an Amnesty, dennoch kriege ich nichts. Die Olle ist Arzthelferin". Es stellte sich heraus, dass Elke bei diesem Arzt früher einmal gewesen war und die Arzthelferinnen allesamt äußerst arrogant und unangenehm fand. Davon also war eine die Mustermann.

Manchmal störte Elke Johnnys Hang zur Grausamkeit. Er konnte einer Feldmaus ganz langsam den Hals umdrehen und fand das amüsant. Aber das war alles so furchtbar spontan, ungeplant. Sein Hass auf die Familie Mustermann nahm verbal immer wüstere Formen an und da Elke ihren Johnny liebte und eine äußerst loyale Person war, fand sie die ganze Familie auch erbärmlich. Einmal sagte sie zu Johnny „Diese Typen haben eigentlich ihr Recht auf Leben verwirkt." Johnny nickte nur, er war gerade in einer anderen Welt. Elke sah das als Zustimmung. Sie wollte noch eine Sache erleben, bevor sie in das Domizil ihres leider, leider verstorbenen Ehemanns nach Brasilien umziehen würde. Sie wollte die Antwort auf die Frage wissen, wie sich Amokläufer fühlen und warum diese meist zu dumm zum Weglaufen sind.

Elke plante und Johnny war zu allem bereit. Die Ausführung des kühnen Plans gefiel beiden ausgesprochen gut, es konnte gar nicht genug Blut sein. Elke hatte sich sehr gut überlegt, was sie anziehen würde. Ja, ein gewagter Slip mit Öffnung am Boden, dazu Strapse mit Strümpfen. Johnny mochte das, vor allem wenn sie reichlich Lavendelöl auf ihre Wäsche gab. Im Garten, direkt neben Frau Mustermanns entstelltem Körper, hatten sie den besten Sex von allen ihren Treffen. Und was noch prickelnder war – sie hörten noch den Postboten nach Frau Mustermann rufen. Dieses knappe Entkommen, dieser Schauer durch den Körper, quasi ein zweiter Orgasmus. Elke hatte alles mit kühlem Kopf geplant und so hinterließen beide keine Spuren. In den nächsten Wochen hatten sie weiterhin unvergleichlichen Sex, den sie meist mit Erinnerungen an den unvergesslichen Bestrafungstag bei Mustermanns einleiteten.

Sechs Wochen später lud Elke ihren Johnny zu einem Picknick am See ein. Picknicks fand Johnny im Allgemeinen zwar doof, aber er wusste mittlerweile, dass Elke immer so geniale Ideen hatte, auch wenn es vorher langweilig klang. Sie teilten sich die Flasche Sekt, sie aßen zusammen von den kleinen Häppchen und Johnny bot Elke erneut an, sie mitzunehmen auf einen Trip. Sie lächelte: „Ein andermal vielleicht." Sie stellte sich hinter ihn und massierte ihm den Nacken. Er grunzte. Sie ließ sich nicht anmerken, wie sie dieses Grunzen anwiderte, dass sie heute nicht zum ersten Mal hörte. Sie griff in den Picknickkorb, den sie geplant links neben Johnny platziert hatte. „Oder lasse ich mich erst nochmal vögeln?", überlegte sie. Nein, nein, solche gefühlsmäßigen Aktionen ruinieren immer wieder Menschenleben. Immerhin, Johnny spürte den Schlag kaum, der ihm den Atem nahm. Und den Rest merkte er gar nicht mehr. Es kommt leider immer wieder vor, dass Drogenabhängige eine Überdosis nehmen. Zu traurig.

Traurig fuhr Elke heim. Die Zeit mit Johnny war wirklich toll gewesen, so viel Spaß, aber im Grunde war er aufgrund der Abhängigkeit unzuverlässig. Und ohne Abhängigkeit wäre er sicher nicht mehr so spaßig, so ohne Grenzen. Es hatte sein müssen.

Klara-Anna sagte gleich zu ‚ihrem' Cornelius, dass sie sich einfach nicht vorstellen könne, dass Johnny sich so in der Dosis vergreifen würde. Er war doch ein Vollprofi in Sachen Drogen.

An dieser Stelle kann ich Polizei und Detektive nach und nach auf Elke stoßen lassen. Oder, in Planung eines zweiten Bandes, breche ich hier ab. Wobei schon schemenhaft zu erkennen ist, dass Elke ein Auge auf Caesar geworfen hat. „Dieser Versicherungstyp ist wirklich süß", erzählte sie einer Freundin, „so süß normal, er hat es bestimmt faustdick hinter den Ohren. Wie der mich schon immer anguckt!"

Interview mit der Autorin

Im Auftrag eines Fernsehsenders wurde die Autorin am 27. Juni 2023 bei einem Aufenthalt in Bad Sassendorf von der bekannten Journalistin Franziska Bosch befragt. Gelegentlich meldet sich ein anderer Parkbesucher zu Wort, der unbekannt bleiben möchte.

Interviewerin

Man sagt Ihnen ja so ein ganz interessantes Doppelleben nach. Auf der einen Seite Star, will sagen Künstlerin, Autorin, auf der anderen Seite das bürgerliche Ütekken. Wie geht das zusammen?

Autorin

Das geht prima zusammen. Weil einen halben Tag kann ich immer die Künstlerin sein und dann ab dem Mittagessen bin ich dann das Ütekken und bin häuslich.

Interviewerin

Sie haben ja inzwischen eine ganze Menge Bücher auf den Buchmarkt gebracht und wie viele Exemplare verkauft, 13 Millionen? 14? Ich muss zugeben, ich bin nicht so gut vorbereitet.

Autorin

211?

Interviewerin

Wie, Millionen?

Autorin

Millionen, selbstverständlich. Sonst fragen Sie doch den Herrn, vielleicht weiß der mehr. Wie viele Bücher habe ich verkauft?

Mann von der Straße

Unzählige. Nummern, damit kann ich leider nicht aufwarten, aber sehr viele schon.

Interviewerin

Aber dann haben wir ja auch direkt hier diese Ambivalenz. Sie als Autorin, Künstlerin, Sie wollen ja auch unterhalten, und dann immer dieser Blick auf das Verkaufen. Was macht das mit einem?

Autorin

Ja, das macht einen zur Prostituierten des Literaturbetriebs. Man sitzt da und möchte eigentlich ein künstlerisches Werk schaffen, aber dann klopft schon an die Scheibe der Hungertod und sagt: Nein, nein. Und dann muss man sich dann diesem Moloch hingeben, dem Geld und dann auch so schreiben, dass die Leser das lesen wollen.

Interviewerin

Ist das ein der Kunst immanentes Problem oder muss man das als Perversion unserer Gegenwart bezeichnen?

Autorin

Äh, das kommt darauf an, wie widerstandsfähig man ist. Also ich nenne da zum Beispiel meinen Freund Van Gogh, ja, der hat es ja anders gemacht. Dem war das Geld nicht so wichtig, aber heutzutage, man ist ja doch dem Geld verbunden. Vielleicht dieser Herr da auf der Straße ... zum Geld

Mann von der Straße

Bitte, darf ich mich ...

Autorin

Ist das jetzt richtig?

Mann von der Straße

Absolut. Man muss realistisch sein. Wir leben in einer realen Welt und wir müssen uns erhalten und nach vorne kommen. Es hat keinen Sinn, auf der Straße zu sitzen und zu jammern.

Interviewerin

Ja, wo wir gerade über Geld reden. Sie haben ja auch schon mal aufgerufen, für einen guten Zweck zu spenden, und ist Ihnen das noch wichtig?

Autorin

Nein, nein, eigentlich nicht mehr.

Interviewerin

Ja, was ist dann ihre Message?

Autorin

Meine Message ist: Leute, kauft meine Bücher, ich muss meine Rente aufbessern. Die ist ja nicht so reichlich, das ist ja heute alles nichts mehr. Früher da kriegte man 2000 Mark im Monat und war der King. Heute kriegen Sie 2000 Euro und müssen schon zur Tafel gehen. Und da ich das möglichst vermeiden möchte, hoffe ich, durch meine publikumsangepassten Bücher da ein bisschen mehr für meine Rente zu tun.

Interviewerin

Sie haben ja mal geschrieben, „Es gibt kein Sonnenscheinverbot für den November." Was haben Sie damit gemeint?

Autorin

Ja, das ist ein bisschen hintergründig. Ich habe damit gemeint, dass man im November die Sonne nicht einfach verbieten kann. Ich weiß nicht, ob es jetzt klarer wird.

Interviewerin

Ja, man merkt schon, dass man so ein bisschen Gedankenakrobatik vollziehen muss, um das zu verstehen. Aber ...

Autorin

Ja, ich kann Ihnen da die Adresse einer Literaturwissenschaftlerin geben, die kann das besser erklären als ich. Ich bin ja nur Autorin.

Interviewerin

Wir interessieren uns ja nur für Ihr Werk. ... Ist es ... Entschuldigen Sie, ich bin schlecht vorbereitet. [Lacht.]

Autorin

Ja. – [Wendet sich zum Mann auf der Straße] Ach, Sie sind auch schlecht vorbereitet?

Mann von der Straße

Unbedingt. Am schlechtesten von allen.

Interviewerin

In Ihrem neuen Band geht es ja um den 13. Monat. Ganz ehrlich: Zu lange an der Buttercremetorte geschnuppert?

Autorin

Ich schnuppere nicht an Buttercremetorten, ich mochte noch nie Buttercremetorten. Ich schnuppere allenfalls an Apfelkuchen mit Rumschicht. Es könnte oben die Rumschicht sein, die einen Einfluss hat, aber eher beschwingend. Der 13. Monat, ich meine, da muss ich doch wohl kein Wort drüber verlieren, der ist ja nun mittlerweile historisch nachgewiesen, wie ich in meinen Büchern immer wieder belege.

Interviewerin

Na, das ist ja wohl immer noch Ansichtssache. Wir wollen das dem Leser überlassen, wie er das bewertet.

Autorin

Nein, also, jetzt bitte ich Sie aber! Wissenschaft ist nicht Ansichtssache. Ich kann Ihnen drei, vier promovierte, professionierte Frauen und Männer nennen, die das belegt haben, ja. Die in der Archäologie diese 13-MonatsRückstände gefunden haben. Was halten Sie vom 13. Monat, lieber Fußgänger?

Mann von der Straße

Dass wir einen 13. Monat einführen sollten.

Autorin

Immer schon hatten ...

Mann von der Straße

Immer schon hatten, unbedingt. Nicht alle wussten das oder [Interviewerin lacht auf] haben entsprechend gehandelt. Aber das Bewusstsein dafür verbreitet sich jetzt allmählich, ja.

Autorin

Womit ich dann bewiesen bin, oder?

Interviewerin

Na gut, wir wollen jetzt nicht den Bürger als letzte Instanz betrachten ...

Autorin

Warum nicht? Was ist das denn für eine undemokratische Einstellung?

Interviewerin

Dies ist ja nun mal kein Demokratiefernsehen. Tut mir leid ...

Autorin

Ja, was soll denn das für ein Fernsehen sein? Ich war gekommen in der Überzeugung, ich werde hier demokratisch befragt, und nicht so monarchisch förmlich.

Interviewerin

Vielleicht ist das ja schon ein Grundproblem in Ihrer Einstellung.

Autorin

Ich bin zu demokratisch?

Interviewerin

Würden Sie eigentlich sagen, dass Ihre Bücher als Schullektüre taugen?

Autorin

Unbedingt, unbedingt. Man sollte sie eigentlich ab dem ersten Schuljahr gestaffelt schon, äh, immer bringen. Der Herr gähnt schon, weil er ganz meiner Meinung ist. Ja, man könnte anfangen mit den Iphorismen, die bieten sich fürs erste Schuljahr an. Dann müssen die Kinder nicht so viel lesen, die können dann über die Iphorismischen Kurzgeschichten und dann ab und zu so ein bisschen Horror, das muss ja heute dabei sein, damit die Kinder Spaß haben an der Sache.

Interviewerin

Wenn Sie einen Charakter aus einem Ihrer Bücher lebendig machen würden, ins echte Leben rüberholen könnten, welcher wäre das?

Autorin

Elke.

Interviewerin

Kurze Erläuterung für den Zuschauer?

Autorin

Elke ist eine sehr tiefgründige Persönlichkeit, die immer in neuen Situationen sich zu helfen weiß, meistens mit einem Messer. Aber sie macht das wirklich überzeugend und sie ist dabei auch durchaus intellektuell fähig und hält sich körperlich fit. Also, das ist nicht so eine, die mit dem Messer rumschneidet und ansonsten wie ein Blubbermensch so durch die Gegend läuft. Sie hält sich fit, damit sie ihr Messer zielgerecht einsetzen kann und sie ... Also meine Lieblingsszene ist ja, dass sie sich auch beherrschen kann, wie zum Beispiel sie sitzt im Café und es ist alles so furchtbar und ihr schräg gegenüber sitzt eine Frau, die sie total nervt. Und sie spürt das Messer, diese Wollust des Messers in der Tasche. Und sie lässt es.

Interviewerin

Also, mehr intellektuelle Verbrecher für diese Welt? Kann man das als Ihre Message ...

Autorin

Nein, mehr Emotionen in den Verbrechen. Ja, das ist ja heute das Problem mit den Verbrechern, dass die alle so auf das Geld aus sind, wie die Mafia. Wo bleibt der Einzelmörder? [Wendet sich an den Mann.] Wo bleibt der Einzelmörder?

Mann von der Straße

Dazu kann ich nur sagen wie George Brown „REAL-LY? REALLY?"

Autorin

Möchten Sie sich nicht ...

Interviewerin

Ja, ich möchte mich bei Ihnen natürlich für das Interview bedanken.

Autorin

Ja, vielen Dank, dass Sie mich gefragt haben.

Publikationsliste

Belletristik

- Bernadette K.: Das Leben einer Königin. Norderstedt (BoD) 2023.
- Die Iden des Jumi: Ein archäologischer Bestseller. Norderstedt (BoD) 2023.
- Gedanken zum Gedenken: Gedenk-, Aktions- und Feiertage. Norderstedt (BoD) 2023.
- Wer steckt hinter Spam? Ein Roman. Norderstedt (BoD) 2023.
- Chimären: Was Menschen bisher nicht wussten. Norderstedt (BoD) 2023.
- Seite 22, Zeile 22 (mit Janina Schmiedel). Norderstedt (BoD) 2022.
- Märchen von heute: 61 wundersame Geschichten. Norderstedt (BoD) 2022.
- Präpositionen. Norderstedt (BoD) 2022.
- Eine Hand greift die andere. Norderstedt (BoD) 2022.
- Iphorismische Short Stories. Norderstedt (BoD) 2022.
- Iphorismen. Norderstedt (BoD) 2021.
- OneBBO's Castle lädt ein. Schau uns über die Schulter. Norderstedt (BoD) 2007.

Ernährung

- Am besten vegetarisch mit der Thermo-Küchen-maschine. Potsdam (Dort-Hagenhausen) 2016.
- Hartz IV in aller Munde. Norderstedt (BoD) 2013.
- Indisch inspiriert. München (Dort-Hagenhausen) 2013.
- Jetzt wird gesnackt! Norderstedt (BoD) 2013.
- Immer öfter vegetarisch. München (Dort-Hagenhausen) 2012.
- Rohkost statt Fasten Teil 2. Rezepte für ein Rohkostjahr. Norderstedt (BoD) 2011.
- Mein Kollege kocht Vollwert. Norderstedt (BoD) 2010.
- Schokolade. Norderstedt (BoD) 2010.
- Gemüse in aller Munde. Norderstedt (BoD) 2009.
- Hartz IV in aller Munde. Norderstedt (BoD) 2009.
- Schrot statt Schrott. Norderstedt (BoD) 2008.
- Vollwert? Gold wert! Norderstedt (BoD) 2008.
- Brötchen statt Brot. Norderstedt (BoD) 2007.
- Konfekt statt Sünde. Norderstedt (BoD) 2007.
- Rohkost statt Fasten. Norderstedt (BoD) 2007.